KATRIN PANIER-RICHTER

AF286148

"STADTSTREICHERIN"

SPAZIERBILDER

Vorbemerkung der Autorin

Wenn eine Literatin schreibt, dann merkt sie manchmal selbst nicht, an welchen Stellen Phantasie und Wirklichkeit verwischen, zusammenfließen und verschmelzen. Sie schnappt Dinge auf, vermengt sie mit dem eigenen Erleben tagsüber und im Traum. Am Ende ist sie in das eigene Werk verliebt und möchte nichts mehr streichen. Dann ist es allerdings bereits passiert: Fabelwesen streifen durch die Geschichten und ähneln tatsächlich existierenden Personen, die sich dann manchmal mehr, manchmal auch weniger geehrt fühlen möchten.

Darum ganz klar und ein für alle Mal: Die "Stadtstreicherin" setzt sich aus verschiedenen Spaziergängern und –gängerinnen zusammen. Wenn Sie meinen, handelnde Personen oder Umstände wiederzuerkennen, sind Sie ganz bestimmt auf dem Holzweg, denn nichts ist so, wie es zu sein scheint, und ich wollte ganz bestimmt keine lebenden oder verstorbenen Menschen absichtlich verletzen. Darum sind Ähnlichkeiten zufällig, nicht zu vermeiden, aber keineswegs gewollt.

Katrin Panier-Richter, im Sommer 2008 in Berlin

Die Autorin

Katrin Panier-Richter lebt zurückgezogen in Berlin. Am liebsten spaziert sie unerkannt durch die Stadt und sitzt ansonsten in ihrer Schreibwerkstatt.

Bisher erschienen von ihr:

"Sex gehört dazu. *Geschichten vom Erwachsenwerden*",
>Schwarzkopf & Schwarzkopf<, Berlin, 2003
"Zu Hause ist, wo ich verliebt bin. *Ausländische Jugendliche in Deutschland erzählen*",
>Schwarzkopf & Schwarzkopf<, Berlin, 2004
"Die schlimmsten Gitter sitzen innen. *Geschichten aus dem Frauenknast*",
>Schwarzkopf & Schwarzkopf<, Berlin, 2004
"Die dritte Haut. *Geschichten von Wohnungslosigkeit in Deutschland*",
>Schwarzkopf & Schwarzkopf<, Berlin, 2006
"Mit einem Bein auf der Couch. *Therapeutengeschichten*",
>Books on Demand<, Norderstedt, 2007

Katrin Panier-Richter

"Stadtstreicherin"
Spazierbilder

Bibliografische Information der Deutschen Nationalbibliothek:
Die Deutsche Nationalbibliothek verzeichnet diese Publikation in der
Deutschen Nationalbibliografie; detaillierte bibliografische Daten sind im
Internet über <http://dnb.d-nb.de> abrufbar.

Impressum

(C) Katrin Panier-Richter
2. überarbeitete Auflage, 2008
Titelbild: "Engel mit gelben Hosen", Helmut Schärfen, Berlin
Umschlag, Satz und Layout: Richter, Berlin
Herstellung und Verlag: Books on Demand GmbH, Norderstedt
Printed in Germany

ISBN 978-3-8370-4066-1

INHALT

»WARM LAUFEN«
Der Weg an der Spree

"Guten Morgen, Brad Pitt!", rufe ich dem jungen Mann zu, der gerade an mir vorüber stürmt. Ich bin in so einer Laune, und er stutzt. Tatsächlich bleibt er stehen, dreht sich um, wohl, um abschätzen zu können, wer die verrückte Lady ist, die so etwas laut ausruft. Obwohl es längst nichts Ungewöhnliches mehr ist, durch die Stadt zu gehen, scheinbar in Selbstgespräche vertieft. Seit fast jeder ein Handy hat, liegt ein ständiges Gemurmel wie eine Klangwolke über Berlin. Was auch den Vorteil hat, dass ich manches spazierend los werde in die gleichgültige Luft, das sich sonst am Ende in mir aufstaute und von innen drückte. So weit lasse ich es nicht kommen. Lieber stimme ich in den Chor ein, als schimpfender, wehklagender, rumorender Mezzosopran; auch, wenn ich gar kein bewegliches Telefon besitze.

Brad Pitt in meinem Kiez hat sich entschieden. Er hält mich keineswegs für verrückt und einer Antwort würdig. "Na ja, sein Auto hätte ich schon gern!" Lacht, winkt und eilt weiter Richtung Stadtbahn. Wieso das Auto?, denke ich. Und was für eine Marke fährt der Schauspieler überhaupt? Ich habe keine Ahnung. Warum hätte er nicht gern die anmutige Frau an der Seite des Hollywood-Mimen? Hat er vielleicht längst eine, die sein Herz besetzt? Und die weitaus bezaubernder ist in seinen Augen als noch die allerschönste Angelina?

Mag sein, der junge Mann ist viel zufriedener mit seinem Leben, so, wie es ist – abgesehen natürlich von Brads Nobelkarosse, klar. Zurückgezogen, unaufgeregt, ein so genanntes einfaches Dasein. Ich habe schon oft gedacht, ist es eigentlich Fluch oder Segen, dass einige von uns ganz nach oben gespült werden, ins Licht; andere dagegen unerkannt bleiben – und doch Teil des Lebens.

Mir fällt mein Freund Bruno ein. Bruno sieht aus wie ein Zwillingsbruder des berühmtesten lebenden deutschen Schriftstellers. Nobelpreisträger der eine, Bewohner einer betreuten Anlage für abgestürzte und wieder aufgefangene Menschen der andere. Bruno hat noch nie etwas Längeres geschrieben. Er ist stolz darauf, dass er als ehemaliger Analphabet seinen Namen malen und mir zu Weihnachten, zum Geburtstag, zu Ostern einen Gruß auf eine Karte meißeln kann. Und doch schaut er mich manchmal so an, als wüsste er genau Bescheid über kreatives Arbeiten, über die Qualen und den Jubel einer künstlerischen Existenz. Wenn er mir etwas schenkt, dann lässt er das erkennen: Er hat mir zugehört und mich verstanden. Vor mir, auf meinem Schreibtisch, steht eine acht Zentimeter große Yoghini im Lotussitz mit zum Gebet gefalteten Händen und einem Haarknoten. Sie blickt auf vier Kerzen und ein Räucherstäbchen wie der Steuermann in einem Ruderboot auf seine Ruderer. Bruno weiß, dass ich Yoga übe, und er weiß, dass ich mich gern beim Arbeiten von schönen Dingen inspirieren lasse. Bruno ist Bruno und nicht Günther Grass. Aber manchmal sieht der eine dem anderen zum Verwechseln ähnlich. Und was Bruno an sanfter Autorinnenunterstützung für mich tut, könnte der große Autor, wäre er mein Mentor, auch nicht liebevoller tun. Wäre ich den Weg ins Rampenlicht gegangen, hätte ich dem Prominenten begegnen können. So aber begegnete ich dem völlig unbekannten Bruno, und das nur, weil wir gemeinsam eine Gruppe des offenen Visiers besuchen.

Zum neuen Jahr bekam ich von Bruno einen schmalen roten Kalender, der bequem in die Tasche meiner Popeline-Jacke passt. Rechts das Büchlein, links ein Kugelschreiber. In die oberen Taschen meinen Wohnungsschlüssel und ein bisschen Geld. So marschiere ich los, wie ich immer wieder los marschiert bin. Schon beim Tagebuchschreiben am Morgen habe ich gesehen: Heute ist ein wunderbarer Tag. Frühling im Januar. Die Sonne ruft nach mir, es hält mich nichts am Sekretär. Ich ziehe Stiefel an aus einem wasserdichten Material, denn der Boden am Fluss ist matschig vom halb aufgetauten Eis der letzten Tage. Ich muss ein wenig balancieren. Dieser Weg hat mich schon oft gerettet. Eine Stunde Fußmarsch von S-Bahnhof zu S-Bahnhof, immer am Wasser entlang, bis zum Hafen. Ich ging ihn allein, zu zweit, früh am Morgen, mitten in der Nacht, mit Freunden, Kollegen, meinen Kindern, Müttern, Vätern, Geschwistern, Tieren. Hier fanden Arbeitsverhandlungen, Problemgespräche, Liebesschwüre statt. Und ich werde nicht müde, diese fünf, sechs Kilometer wieder und wieder abzulaufen; sie werden mir nie langweilig, sind immer neu. Eigentlich müssten im Sand der Wege schon tiefe Rinnen sein, die nur von meinen Füßen stammen. Ich freue mich darauf, auch heute wieder gehend hier Eingebungen zu suchen. Ich horche, schaue, rieche und erwarte nichts. Falls doch ein Gedanke kommt, habe ich ja Brunos Notizbuch in der Tasche und kann ihn aufschreiben. Falls keiner kommt, ist es auch nicht schlimm. Dann kommt er eben morgen oder übermorgen. Ich muss nur raus gehen, ein Bein vors andere setzen, spazieren.

Mir kommt eine Frau entgegen. Je näher sie ist, um so klarer kann ich sie erkennen. Julia Roberts, die vorn in ihrem dicken Mantel eine Miniatur ihrer selbst stecken hat. Die junge Frau mit den langen dunklen Locken trägt ihr Baby mit dem Gesicht voran, und sie spricht mit dem Kind. "Na, alles in Ordnung da vorn bei dir?", fragt sie gerade, als sie auf meiner Höhe ist. "Ja", antwortet laut und deutlich die Mini-Julia, die eigentlich noch gar nicht sprechen kann.

Ich muss lachen und bin angesteckt von der Lebensfreude dieser im selben Rhythmus sich wiegenden Mutter-Kind-Harmonie. Die beiden müssen keine Paparazzi fürchten; sie wandern ungestört auf meinem Weg.

Spazieren gehen ist ein Menschliches. Es kostet nichts, und alles, was man dafür braucht, hat Gott – oder wer auch immer - uns bereits von Natur aus angebracht. Für mich gibt es nichts, das durch einen Spaziergang, eine Wanderung, nicht besser wird; milder und erträglicher. Seit vielen Jahren bin ich eine Stadtstreicherin, zu jeder Jahreszeit, bei jedem Wetter.

Darum stelle ich dieses Buch auch unter den Gedanken des Spazierengehens; jede Kapitelüberschrift soll Sie als Leser daran erinnern. Ich nehme das sehr oft ganz wörtlich: Es kommt tatsächlich vor, dass ich weiß, zu welcher Art Spaziergang ich heute aufbreche. Zu einem Dankbarkeits-, Loslass-, Gebetsspaziergang etwa. Dass sich dieses Büchlein mit seinen Geschichten und Gedichten auf diese Weise gliedert, habe ich übrigens eines Nachts geträumt. Ich sah es deutlich vor mir und dachte noch: "Ach, so einfach!" Nun setze ich den Traum in die Tat um, lade Sie ein, mit mir ein wenig zu gehen und hoffe, ich kann Sie in meinen Spazier-Takt locken.

Bei voller Fahrt

Weiterfahren, schnell weitergehn,
und dabei die klaren Konturen nicht sehn.
Sie versucht, mitzuhalten
und weiß doch schon lang,
alle Feen ziehn an ihr: Stop. Halt an. Sei nicht bang.

Sie sitzt schon so lange in diesem Zug,
umklammert ihr Ticket.
Jetzt ist es genug.
"Beim nächsten Halt. Nur noch eine Station .."–
Wie lange – zu lange – betäubt sie so schon

die Stimme, die warnt. Die Helfer, sanft, unsichtbar.
Jetzt muss sie aussteigen, sie fühlt es so klar.
Im Weiterrasen, im Vorwärtsrennen
wird sie den nächsten Schritt nicht erkennen.

(Juni 2002)

»EINKAUFSSPAZIERGANG«

Dorfplatz

Welcher Hollywood-Schauspieler war das gleich, von
dem ich mal zitiert gelesen habe, er sei dermaßen sensi-
bel, dass er glatt bei einer Supermarkteröffnung weinen
könnte...? Ich glaube mich an Bruce Willis zu erinnern,
als er sich auf eine Rolle vorbereitet hatte, die besondere
Empfindsamkeit von ihm verlangte. "Aha", dachte ich
damals. "Diese Künstler und ihre Reklamesprüche."

Die älteste Kaufhalle in meinem Kiez wurde letztes Jahr
geschlossen und dem Erdboden gleich gemacht. Sie war
immerhin ein Teil meiner Geschichte. Zu ihr hinauf führ-
ten breite Showtreppen mit doppelten runden Eisengelän-
dern, wie abgemessen der Abstand zwischen ihnen für die
Achselhöhlen von Kindern. Es gab gar keine andere
Möglichkeit als nach dem Kindergarten diesen Platz an-
zusteuern. Die Mütter und Väter gingen Einkaufen oder
hielten ihre müden Gesichter einfach ein bisschen in die
Sonne, während die Lütten kreischend wieder und wieder
jene Stufen erklommen, die Arme ins Geländer einhakten
und hinunter rutschten. Kein Spielplatz hätte mehr Spaß
bringen können. Das Metall der langen abschüssigen
Rohre war schon glänzend glatt von Kinderanoraks
und -pullis. Hier, damals schon sinnend über das rechte
Tempo in meinem Leben, saß ich beinahe jeden Tag und
schaute meinen beiden ausgelassenen Ablegern zu.
"Mama, heute musst du keinen Beitrag machen.", entschieden sie oft für mich, die "Rasende Reporterin". Sie
wollten mich für sich haben und hatten schnell heraus-

bekommen, was Freiberuflichkeit ist. "Wenn man sich selbst aussuchen kann, ob man arbeiten möchte oder nicht." Klar!

Es gab einige Gelegenheiten, in denen wohlmeinende Kollegen mir signalisierten, jetzt wäre eine Bewerbung fürs Festangestelltwerden günstig. Doch kaum hatte ich so einen Plan im Familienrat vorgestellt, da schüttelten Anne und Jan ihre Köpfe: "Lieber weniger Geld, aber dafür bist du da." Tja, was sollte ich mich dagegen wehren. Es war ja auch genau das, was mein Innerstes mir riet. Ganz egal, welcher Zeitgeist gerade herrschte. Ohne Rücksicht auf meinen Kontostand.

Es ging mir nahe, als Geländer, Showtreppen, die gesamte Kaufhalle einfach abgerissen wurden. Anne und Jan sind erwachsen. Längst studieren sie und wohnen nicht mehr hier, bei mir. Trotzdem tat es eigenartig weh. Bis dahin war mir gar nicht klar gewesen, wieviel die alte Halle mit meinem Leben zu tun gehabt hatte. Allein der Tag, an dem wir alles, was wir bis dahin nur westgeldlos in Intershops bewundern konnten, plötzlich in unserem Konsum kriegen konnten. Für eigenes, selbst verdientes, neu glänzendes Geld, das aus dem Portemonnaie! Gestern noch Zetti-Schokolade und "Im Nu"-Kaffee, heute Sarotti und Jacobs Krönung. Das war verrückt, und ich irrte durch die bunten, schreienden, überquellenden Gänge; glaubte, zu träumen.

In dieser Kaufhalle lernte ich eines Tages, die hochprozentigen Regale zu meiden. Es war ein anderes Einkaufen seitdem. Genau hinschauen, das Kleingedruckte lesen, für das ich später eine Brille brauchte. Sogar in Joghurts, Kuchen, Süßigkeiten, Soßen oder Dosensuppen können

Liköre, Brände, Weine gemischt sein, und dann kaufe ich das nicht. Auch das Kapitel – länger als 14 Jahre her – verbindet mich mit diesen Räumen.

Sie existiert nur noch in meiner Erinnerung, die alte Halle. Zwölf Monate lang gab es an ihrer Stelle zuerst einen großen Platz mit Sand, dann ragende Eisengeflechte für das neue Betonfundament. Wie alle im Kiez staunte auch ich darüber, wie schnell der Bau voranging. Ein Ärztehaus sollte entstehen, in seiner untersten Etage wieder ein Supermarkt. Heute Morgen wurde er feierlich eröffnet. Der Liebste war schon vor Ort und schien begeistert. Viele der früheren Verkäuferinnen seien wieder da; die prominenten, allgegenwärtigen Gesichter an den Kassen. Alle wären guter Laune. Der Kiez hat wieder seinen Dorfplatz, den Mittelpunkt, an dem sich alles trifft.

Da muss ich natürlich auch mal gucken, schon aus Neugier. Ich sehe Luftballons, höre "Time of my life" aus Lautsprechern, und ich ahne Schlimmes. Eine Völkerwanderung ist im Gange, und ich kann doch nicht vor all den Leuten Tränen fließen lassen. Also atme ich tief durch, schniefe einmal, stürze mich dann tapfer in den Edel-Tempel, wo es einfach alles gibt. Die feinsten Salate, zwanzig Sorten Kartoffeln, auch Kosmetika. Ich hatte eigentlich etwas für mein Mittagessen aussuchen wollen, aber es geht nicht. Woher kommt die Rührung? Noch ein Schritt, und ich werde wirklich weinen. Bruce, komm, lass uns einen Kaffee trinken. Ich verstehe dich so gut!

Aber wir hätten nicht mal Platz im winzigen Bistro der Halle. Sämtliche Stühle unter den überflüssigen Sonnenschirmen sind besetzt. Die Koffein-Dealer haben alle Kannen voll zu tun. Ernste Kaffeetrinker sitzen da und schauen auf die anderen, die Hastenden, als wollten sie sagen: "Ja-haha, wir wissen schon Bescheid, ihr noch nicht. Aber seht euch ruhig um, ihr kommt schon auch noch da hin, wo wir bereits sind."

Ich verlasse fast fluchtartig den neuen Markt. "Ups, I did it again", schluchzt draußen gerade Britney Spears. Jetzt könnte ich weinen, wenn ich noch wollte, aber der Kloß in meinem Hals hat sich aufgelöst. Britney bewirkt auch eher eine Ernüchterung. Was sie einwirft, bietet kein Supermarkt an.

Zum Einkaufen bin ich nicht imstande. Ich wende mich meinem Heimweg zu. An mir vorüber eilt ein Mann mit einem Tragekörbchen im Arm. Beim näheren Hinsehen liegen da weder Gurken noch Tomaten drin, sondern sein Enkel. "Gibt´s die auch hier?", frage ich. "Nein, ich glaube nicht." Spricht er und bringt seinen Schatz in Sicherheit.

BLAUER SAMT

Alles dran, sagen die Erleichterten.
Ein gesunder Säugling, die Mediziner.

Das Kindchenschema! Runde Stirn, große Augen,
                                    winziger Mund.
Muß uns ja nahe gehen, wie sollten wir sonst per
                Instinkt unseren Nachwuchs beschützen.
Alles Evolution, meinen die Biologen.

Ganz nett, aber teuer, stöhnen die Gestressten.
Anerkennung der Vaterschaft interessiert die
                                    Gestrengen im Amt.

Nur die Langsamen sehen den Blick in die Unendlichkeit
durch die Augen eines kleinen Kindes.

Blauer Samt, wissen die Poeten.

                                    (November 2004)

»SILVESTERSPAZIERGANG«
Das Kleidchen

Zum neuen Jahr habe ich mir ein Kleidchen gekauft. Himmelblau mit rot-braunen Aufdrucken. "Ein Baumkleid" sagt der Liebste, weil es für ihn lauter kleine Apfelbäume sind. "Ein Fliegenpilzkleid", sage ich. Fliegenpilze oder vielleicht Fabel-Bäume aus Erdbeeren mit Stielen hatte ich darin gesehen. Was aber noch viel wichtiger für mich war, als ich durch den Menschenrummel ausgerechnet vor dem Jahreswechsel-Fest am größten Boulevard der Stadt wieselte – die falsche Person zur falschen Zeit am falschen Ort! -, das war die innere zwingende Notwendigkeit, zur neuen Lebensrolle eine neue Haut anzulegen. Ein Kleid als Symbol für eine nächste Aufgabe.

Manchmal muss das einfach sein. Egal, wieviel Geld noch in meiner Börse ist – und ganz egal, ob ich in das Gewimmel hinein sollte. Ich bin ein Seismograph, der Stimmungen, das Tempo und die Worte fremder Leute in sich aufnimmt und speichert. Darum muss ich gut auf mich Acht geben. In diesem Moment ist das Andere jedoch wichtiger. Ich weiß schon, welcher Laden, ich steuere darauf zu. Eine Rolltreppe führt nach unten. An Ständern, Wühltischen, Regalen drängen sich junge Klamottensüchtige. Das hier ist eigentlich schon mehr die Vor-Party zur Silvesterfeier. Es wird gelacht, geredet, sich getroffen; gechillt (Neudeutsch für entspannt) angesichts der Jahresendschnäppchen. Auf allen Preisschildern sind Zahlen durchgestrichen; andere, kleinere, hinzugefügt. Alle decken sich mit Garderobe ein. Vielleicht alle, so wie ich, mit der Idee einer neuen Haut fürs nächste Jahr, die nächsten Pläne?

Ich muss gar nicht suchen. Das Kleidchen hängt da und ruft nach mir. Ich brauche kaum noch nach der Größe zu schauen, es ist genau meine. Ich muss es nicht probieren; ich weiß ja, dass es passt und nur auf mich gewartet hat. Dreimal umrunde ich es. Zum Test verlasse ich es wieder, gehe Richtung Ausgang. Keine Chance. Es lässt mich nicht los. Ich kenne mich, habe oft genug etwas gekauft, um etwas anderes zu verdecken. Textilien als sanfte, lindernde Tücher über unverheilten Wunden. So will ich heute nicht mehr leben, und darum überprüfe ich mich: Ist das jetzt ein Ausweg oder ein "Muss"? Es scheint ein "Muss" zu sein, denn schon ahne ich: Wenn ich jetzt dieses Geschäft verlasse, wird das Kleidchen mein Gemüt besetzen. Durch die Silvesternacht, den Neujahrstag hindurch und immer so weiter, bis am ersten Tag des neuen Jahres die Geschäfte wieder öffnen und ich zitternd, bebend, in dem Laden stehe und mir das blaue Teilchen doch kaufe. Auch das habe ich x-mal erlebt mit mir. Also gehen ich wieder hin zum Erdbeer-, Fliegenpilzbaumkleid, stimme ihm zu und ergreife es. "Du warst mal richtig teuer!", denke ich. Und nun für mich erschwinglich. Was zusätzlicher Trost zu sein scheint.

Es ist ein jugendliches Gewand. Ich weiß, ich trage das, auch, wenn die meisten hier im Laden meine Söhne oder Töchter sein könnten. Ich fühle mich nicht zu alt für den "Kleid-über-Jeans"-Stil; eine Anzugsordnung, die zu meinem Leben passt. Bequeme Hosen für die Frau, die auf eigenen Beinen steht im Leben. Ein Rock darüber als

Erinnerung daran, dass ich trotz allem ein Mädchen bin und kein Mann. Hose und Kleid, Yin und Yang; ein wandelndes Plakat für die harmonische Verbindung von Hartem und Weichen in einer Person. In mir. Auch das Himmelblaue mit den rotbraunen Aufdrucken, das jetzt, wartend in der Kassenschlange, friedlich über meinem Arm hängt, wird gut über meinen Beinröhren schwingen. Ach ja, ich bin's zufrieden. Dies ist die passende Hülle für einen neuen Schritt in einer neuen Zeitrechnung.

Die Verkäuferin lächelt mich an. Sie kann noch lächeln inmitten dieses Gebrodels. "Einen guten Rutsch!", wünscht sie mir, direkten Augen-Blicks; und nicht mal dieser Wunsch kommt mir jetzt albern vor. Es liegt viel Wärme darin, ich höre ein Echtgemeintes aus ihm heraus.

Noch immer habe ich mein Kleidchen nicht probiert. Noch immer weiß ich ganz genau, es wird mir passen wie eine zweite, neue, folgerichtig überzustreifende Haut..

In der Silvesternacht hänge ich es, gut sichtbar, unter meiner Zimmerdecke auf. Wieder und wieder betrachte ich es, nun auch ein wenig ängstlich. "Du, wenn du mir doch nicht gefällst, am Körper ...". "Vielleicht war es ja doch nur eine Sucht, ein Ausweichen- und Wegdrücken-Wollen ...". "Hätte ich dem Moment des Kaufzwangs doch besser widerstehen sollen?"

Erst am Mittag des Neujahrstages – nach Grüßen, Telefonaten, E-Mails hin und her – streife ich meinen Schlafanzug ab und das neue Stöffchen über. Himmelblau, über und über voller kleiner roter Erdbeer-, Fliegenpilzbäume mit braunen Stielen. Passende rote Schuhe habe ich dazu.

Vorsichtig, Schritt für Schritt, betrete ich das Nebenzimmer, in dem der Liebste wohnt. Sein Blick lässt keinen Zweifel zu. Ja, es war gut. Es war richtig. Ich schlüpfte in die neue Haut wie in das neue Jahr. Es wird mein Jahr. Ich gehe kleinen Schrittes immer weiter. Mit ihm, mit mir, mit allen meinen Dingen.

Ein Knoten in ihrem Lebensfaden

Sie ist so lange gradeaus gegangen
nun stockt sie, schwankt, weiß nicht, wohin.
Verwunschen zwischen Wagemut und Bangen
erzählt sie's ihm, sucht neuen Sinn.

Umtanzend ihre Fragen, tastend, sehnend eine Stütze,
wünscht sie sich Lichtung, keinen klaren Rat.
Er aber greift im Geist zur Kellermütze.
Er kann nicht anders, seine Sonne ist die Tat.

So geht es nun seit Tausenden von Jahren.
Sie: "Eng mich nicht !" Er: "Lass mich, wie ich bin."
Es scheint, als müssten beide immer neu erfahren,
dass sie zwei Teile eines Ganzen sind.

(Januar 2002)

»ABENTEUERSPAZIERGANG«
Feuerwerk

"Du musst aber alte Klamotten anziehen", sagt der Liebste beiläufig, nachdem ich einverstanden bin. Ja, ich werde mitgehen zum großen Feuerwerk "Unser Stadtbezirk in Flammen". Ich sage ja und denke nicht weiter darüber nach. Schließlich habe ich auch ohne das genug zu denken, über nichts Geringeres als meine Existenz, wie so oft; und überhaupt war ich noch nie so weit entfernt von meinem Urvertrauen ins Leben. In eine Zukunft, die – wie alle Weisen sagen - schon für sich selber sorgt. Nein, da gehe ich nicht mit zur Zeit. Ich muss sorgen, denke ich, muss tun und mich anstrengen, sonst wird das wohl nichts mehr werden mit meinem Beruf. Mit meinem Lebensunterhalt, den ich – so habe ich es nun einmal gelernt – auch in meiner zweiten Lebenshälfte noch allein verdienen will. Und ich weiß nicht, wie. Wo geht der Weg weiter entlang, nun, da die Kinder in ihr eigenes Leben hineinwachsen und ich hart aufschlage in mir selbst?

Der Samstag kommt, ich werfe mich in farbbekleckerte Jeans, in eine alte, dunkelbraune Jacke, kröne mein Outfit durch die schwarze Schirmmütze mit der Aufschrift "Glauben ist alles". Schön wär's! Wenn er mir bloß nicht immer wieder verloren ginge zwischendurch, der Glauben. Aber eine Losung ist besser als gar kein Standpunkt, also trage ich mein Käppi mit Würde – umso mehr, als der Liebste entzückt ist: "Du siehst süß aus."

Den Weg kennen wir seit Jahren, in jedem Zustand: vereist, im Schneesturm. Zugeschneit. Voller Matsch im Gewitterregen. Trocken und staubig. Überfüllt von Menschen, Skatern, Radfahrern an schönen Sommerwochenenden, einsam und gespenstisch still abends und nachts oder mitten in der Woche an trüben Vormittagen. Heute ist er schwarz von Menschen, wie man so sagt. (Wieso eigentlich schwarz? Diese Menge ist bunt, laut und energieverzehrend.) Die Festtage und das Höhenfeuerwerk sind legendär. Ein Ereignis, in jedem Sommer neu.

Da ist sie wieder, diese Dorfplatz-Sehnsucht; die Lust am Zusammenkommen, Trinken, Tanzen, Feiern, Staunen. Warum auch nicht, Mensch bleibt Mensch, ob nun in Nadelstreifen, Filz oder in Seidenjersey.

Das große Feuerwerk soll diesmal von der Liebesinsel aus gezündet werden, ein winziges grünes Eiland mitten in der Spree. Eine Brücke führt in langem Bogen dort hinüber, und die betreten wir jetzt. Aber wir kommen nicht weit, der Zugang zur Insel ist vergittert, strenge Uniformierte halten uns zurück. Mein Liebster erklärt sich, zeigt einen Ausweis, wir dürfen passieren. Über die Brücke auf die lauschige Insel – diese Schritte bin ich wohl schon tausendundeinmal gegangen. Heute ist nichts mehr so, wie es war, wie ich es kenne. Eine gespenstische Szenerie erwartet uns. Außer zwei huschenden Gestalten ist keine Menschenseele da. Wie zu einem unbekannten Ritual sind eigenartige Dinge auf der fast vollkommen runden Wiese aufgebaut: Schränke in Halbkreisen. Container wie Orgelpfeifen, vom kleinsten bis zum größten ansteigend und wieder abfallend aufgereiht. Lichter, Fackeln, nie gesehene dicke und dünne Stäbe, geheimnisvolle Colabüchsen. Über den Boden verlaufen Kabel wie ein Netz. Jetzt bloß nicht stolpern. Eine der Gestalten kommt näher, stellt sich vor. Herr Amor oder Eros, genau verstehe ich es nicht. Er ist sehr jung, geschmeidig und trägt die langen blonden Haare zu einem Zopf zusammengebunden. Friedrich Schiller als Pyro-Art- Künstler. Sein Kollege scheint noch jünger zu sein, ihn schmückt dieselbe Frisur in kastanienbraun. Keine Spur von einer Kopfbedeckung oder "Glauben ist alles". Diese hier glauben ausschließlich an sich selbst. Sehr energisch testet Amor-Eros unsere Kleidung. Prüfender Griff, den Stoff zwischen Daumen und Zeigefinger reibend. "Na gut ..." befindet er uns offenbar halbwegs für geeignet angezogen – schon ist er wieder fort. Noch einen Draht kontrollieren, den Koffer mit dem Computerprogramm öffnen, hineingreifen, an irgendeinem Knopf rütteln, wieder schließen. Die Spannung steigt, es knistert. Mischung aus Gefahr und Lampenfieber. Es steht viel auf dem Spiel für beide junge Männer: Eben noch Lehrlinge, könnten sie nun Fuß fassen in dieser Firma, wenn nur der Chef von ihrer Leistung überzeugt ist. Der Chef beobachtet die Szenerie von irgend einem der vielen schwimmenden Juni- Weihnachtsbäumen auf der Spree aus. Von wo, das wissen sie nicht so genau. Wie auch, in dem Gewimmel.

Das Spektakel zieht viele Boote an; verkaufte Mitternachtsfahrten für geladene Politiker und Prominente; die üblichen Ausflugsdampfer, kleinere Yachten voller Lichterketten, Tret- und Ruderboote. Wer nicht aufs Wasser konnte, steht an seinem Rand. Am gegenüberliegenden Ufer ist nicht mal mehr ein Stehplatz zu bekommen.

Wir hier auf der Insel haben mehr als genug Platz. Wir sind nur noch zu viert. Ich schaue nicht auf die Uhr, will lieber gar nicht wissen, wieviel Zeit noch bleibt. "Jetzt könnte ich noch gehen ...", denkt es in mir. Glauben ist alles – mag ja sein, aber Vertrauen in menschliche Werke? Ich schaue mich um. Vielleicht könnte ich mich hinter dem einzigen vorhandenen Auto verschanzen, einem Lieferwagen. Unauffällig bleibe ich dort stehen, fühle mich halbwegs sicher. Der Liebste stellt jetzt eine Verbindung her. Deshalb ist er hier: Das Feuerwerk soll live von Musik begleitet werden.

Alles muss auf den Punkt genau stimmen, die Raketen exakt im Takt der festlichen Klänge starten. Ist erst einmal die elektronische Automatik in Gang gesetzt, kann niemand mehr etwas ändern, zurück nehmen, verbessern. Was dann nicht synchron läuft, ist rettungslos verdorben. Darum brennt schon jetzt die Luft, obwohl die Schränke, Kästen, Büchsen noch harmlos und kalt in und auf der Erde ruhen.

Die beiden Feuerkünstler und mein Liebster stecken die Köpfe zusammen, hypnotisieren die Atomuhr, zählen die verstreichenden Sekunden.

Auf einmal kommt Bewegung in die Dreiergruppe, zielstrebig steuern Amor-Eros und sein Freund mit wehenden Haaren auf die Inselmitte zu. Der Liebste packt meine Hand. "Nein, ich bleibe hier hinter dem Auto", stammle ich gerade, da höre ich ihn den beiden Wilden schon hinterher rufen: "Wo sollen wir hin ?" – "Zu uns", kommt die Antwort, und ich kann nicht mehr denken. Lasse mich mitreißen, dort, neben die Bank. Wir fallen einfach auf den Sandboden, ins Gras. Mit Tierinstinkt grabe ich mich in die Erde, in die Arme meines Freundes, spreche kein Gebet, sondern bete einen flehenden Gedanken – und ein Inferno bricht los. Das Rechnerprogramm wäre nun nicht mehr aufzuhalten, selbst, wenn wir das wollten. Rings um die Insel, um uns herum, leuchten weiße und rote Feuersäulen auf. Es wird taghell, aber nur kurz. Dann verlöschen die harmlosen Begrüßungsfeuer. Heraufzischende Blitze übertönen die mächtige Musik. Fontänen, Wasserfälle aus Glut, explodierende Blumen, Ornamente, gigantische Muster und Funkenzelte am Himmel. Immer neue rasende, kochende Phantasien schießen hervor – aus welchem der Behälter, kann ich nicht ausmachen. Die beiden Langhaarigen vor mir lehnen sitzend an der vorderen Bank, drehen sich ab und zu um, lachen, schreien, fotografieren uns, wie wir da so ineinandergefallen liegen.

Wie sehen wir wohl aus? Die Mütze "Glauben ist alles" rutscht mir bereits in den Nacken, es ist mir egal. Wenn die beiden da vorn keine Angst haben, wieso dann ich! Amor-Eros reißt die Arme hoch. Unendlich frei, würdevoll und auf eine sehr vernünftige Art wahnsinnig sieht er so aus. Ein Moment der Liebe und der Hingabe, wie er sein Werk betrachtet. Ein Wissen, dass es gelungen ist.

Kann ich noch vor irgend etwas Angst haben, wenn ich hier heil herauskomme?, frage ich mich. Und dann schiebt sich ein Gedanke über diesen ersten, der noch viel stärker ist, so klar wie unlogisch: "In Gottes Hand." Ich fühle mich in Gottes Hand, obwohl ich doch mitten in diesem Feuersturm von Menschenhand sitze.

Ohne Betäubung, bei offenem Visier. Denn irgendein Weichzeichner kommt in diesem Augenblick weder für mich noch für die anderen drei infrage. Für mich auch danach nicht. Sechzehn Minuten lang umtobt uns ein friedliches Feuergewitter. Dann ist auf einmal alles still.

Rauch und Brandgeruch liegen in der Luft, kein einziger Ton. Nur für eine Sekunde, dann rast der Beifall der Massen über die Spree; ein zustimmendes Geheule und ein Applaus, der von Herzen kommt. Für diesen Moment sind wir alle miteinander verbunden. Die Pyrokünstler wissen ganz genau, was sie da angerichtet haben. Stolz und Freude im Blick, kommen sie heran, und schon umarmen wir uns alle, die wir dieses geordnete Chaos hautnah geteilt haben. Ruß und Papierfetzen auf meiner Mütze, den Ärmeln, beiden Hosenbeinen; eine neue Zuversicht in der Brust, genieße ich die Nähe der drei Abenteurer.

Mir fällt noch etwas Unverhofftes in ihren Gesichtern auf: "Das alles habe ich gemacht!" Eine nur zu vertraute Männlichkeitserklärung liegt über alledem, die mich erinnert an andere, geheime Stunden. Derselbe Blick, ungläubig und heldenhaft zugleich, wenn die Geliebte den Sturm überstanden hat.

Das habe alles ich gemacht.

DER KAFFEEMANN

Der Kaffeemann
kam in mein Bett.

Die große am Rand angeschlagene Tasse voll des
süßen Koffeins.
Das Herz voll Herz.

Und dann
wedelte er mir mit diesen Händen
Aroma zu und einen neuen Tag.

Mir Angeschlagenen und Unzerbrochnen.
Mein Kaffeemann.

(März 2007)

»SPAZIERGANG INTERRUPTUS«
S-Bahn

Ich fahre so gern mit der Stadtbahn. An manchen Tagen laufe ich einfach los, vor oder nach einem Fußmarsch, erklettere einen Bahnsteig und nehme den ersten Zug, der kommt. Es ist wie ein Ritual des Hingebens, des Loslassens. Einsteigen, mich setzen und das Ziel jemand anderem überlassen. In Bewegung sein und doch ganz still, in Gedanken versunken, die zu gar nichts führen müssen. Das Summen und Rattern, die ewig gleichen Abläufe sich öffnender und schließender Türen, das "Zurückbleiben, bitte!" von melodischen, kratzigen, dröhnenden Stimmen beruhigen mich und wiegen mich in eine gleichmütige Stimmung.

Doch dann werde ich empfindlich aufgescheucht, gestört. Einer dieser Burschen, die verschleierten Auges und zerfransten Saums um eine kleine Spende bitten. Wie immer lebt er seit kurzem und ohne eigene Schuld auf der Straße, wie immer wünscht er allen Fahrgästen einen herrlichen Tag und sagt Verzeihung. Dieser hier und heute bekommt einen Apfel, Kleingeld in seinen Pappbecher, mehrere Lächeln, ein belegtes Brot, einen Schokoriegel.

Als die S-Bahn hält, springt er aus der Tür, auf zum nächsten Waggon. Ich höre ihn noch jammern: "Kann ich nicht auch einmal Glück haben?"

Das kenne ich. Das kommt mir sehr bekannt vor. Die Stullen, das Obst, die Pralinen, die das Leben mir wie nebenbei schenkt, nehme ich kaum wahr. Die kleineren Finanzportionen sind für mich nicht der Rede wert. Ich halte meinen Blick auf Künftiges gerichtet, auf all das, was ich noch nicht habe, wo ich aber meiner Meinung nach hin streben müsste. So renne ich mir ständig selber hinterher, und das ist auf die Dauer anstrengend.

Die Bahn hält, und ich steige aus. Mir scheint, es ist Zeit für einen Dankbarkeitsspaziergang.

Mein Freund Mario sagt gerne Folgendes: "Wenn du morgens aufwachst, aus eigener Kraft aufstehen und freihändig pinkeln gehen kannst, dann ist das schon der erste Grund zum 'Danke' sagen." Der nächste Grund, merkt Mario an, sei dann, "wenn es mich heute weder trinkt noch raucht".

Nichts von alledem ist für ihn selbstverständlich, und so schätzt er es bewusst. Davon kann ich mir getrost einen Rungsen abschneiden; eine Scheibe Brot, wie sie der Thüringer zu nennen pflegt. Ich muss nicht lange überlegen, wofür zum Beispiel ich alles "Danke" sagen sollte; es fehlt mir in meinem Leben wirklich an gar nichts. Ich habe eine warme Wohnung, die ich mit Menschen meiner Wahl teile. Ich schlafe jede Nacht im eigenen Bett, das ich so um mich her gebaut habe, dass es nur für mich passt. Gute-Gedanken-Bücher, Schutzengel, Kuscheltiere, Trinkflasche und Schreibsachen wachen über meinen Schlaf. Unter meinen vier Decken und zwei Schlafanzügen brauche ich niemals zu frieren. Für jedes Wetter kann ich mich passend anziehen; neue Sachen kaufe ich mir nur zum Spaß. Ich bräuchte sie nicht, auch nicht in einer neuen Konfektionsgröße. Was schon wieder ein Grund zur Dankbarkeit ist. Das könnte alles auch ganz anders ausgegangen sein. Wenn ich mal alle Angstgespenster und Nagezweifel weg lasse, dann bin ich sagenhaft beschenkt, im Heute. Ich kann mir zwar kein Auto leisten, die S-Bahn-Fahrkarte jedoch immer. Mir steht der Sinn nicht nach langen Reisen in die Ferne, für mich genügen die der Phantasie in meinem Kopf. Der Rhythmus "Arbeit-Urlaub" hat sich von mir schon vor Jahren verabschiedet. Ich liebe meine kleinen Ferien zwischendurch, in der Sauna, beim Stadt-Durchstreifen und bei meinen Yoga-Stunden. Ich habe keine Ahnung, ob es jemals für die Altersrente reichen wird, aber ich bin mit einem Beruf gesegnet, den ich bis zum Ende ausüben kann.

"Du glaubst doch nicht etwa, dass dir mit 65 der Griffel aus der Hand fällt!", lachte mich Mario neulich aus. Nein, daran glaube ich nicht wirklich. "Na siehste. Es ist eine Gnade, so eine Aufgabe im Leben gefunden zu haben."

Mario lässt keine einzige Ausrede gelten. Und es tut mir gut, seinem Blick zu folgen. Während ich in der Nähe des Hauptbahnhofs am Wasser angekommen bin, denke ich, dass ich das größte, dickste "Dankeschön" in die Berliner Luft schmettern sollte für die Liebe, die ich leben darf. Wer solches Innige gefunden hat, sollte der nicht still an seinem Platz bleiben und für den Rest des Lebens seine Unsichtbaren preisen?! Manchmal bin ich sicher: Ja, das sollte ich auf jeden Fall. Aber so bin ich, so ist der Mensch natürlich nicht gestrickt. Wieder und wieder presche ich vor, die Sehnsucht nach "Mehr" vor mich gerichtet wie eine Speerspitze. Mehr Geld, mehr Ruhm, mehr Anerkennung. Niemand ist da, der mich zurückholt, eingreift, sein Schild meiner Lanze entgegen hält. Ich muss es selber tun. Die Waffen immer wieder strecken und hinschauen, wo ich heute stehe, wie gut es mir in Wirklichkeit geht. Das ist ein ständiges Auf und Ab von Willen, Wollen und besserer Einsicht. Spazierengehen hilft dabei, mich selbst zurück zu holen.

Ein Jogger kommt heran gekeucht, bleibt vor mir stehen. Ob ich ihm mal behilflich sein könnte, er habe sich das Rückgrat ausgehakt beim Laufen auf Asphalt. Was ich denn tun könne, frage ich ratlos. Er zeigt es mir. Zum Nachdenken komme ich erst hinterher. Jetzt stellen wir uns beherzt Rücken an Rücken, verschlingen unsere Ellbogen ineinander, und dann hebe ich ihn auf mein großmächtiges Kreuz, bis seine Beine baumeln, und er sich entspannen kann. Mit meinen gesamten Einssechsundfünfzig und knapp fünfzig Kilo stehe ich für ihn meine Frau. Bis er erleichtert ächzt: Das habe gut getan. Vielen Dank. Und ich sei doch sehr kräftig für meine Statur, alle Achtung, das war pfundig. Er, ein Sportlicher, Ausgewachsener, grüßt und federt von dannen. Jetzt erst kommt das Intermezzo bei mir an. Vorsichtig hebe ich zuerst die eine Schulter, dann die zweite; dehne sie ein wenig, prüfe, ob noch alles unversehrt ist. Es scheint so zu sein. Nichts gebrochen, nichts kaputt. Alles noch dran und da, wo es hin gehört. Mein Rückgrat tut nicht weh. Besonders kräftig bin ich eigentlich nicht, aber widerstandsfähig, wie mir schon oft bescheinigt worden ist. Auch damals, vor dreißig Jahren, als jemand meine Eignung für den Stressberuf feststellen sollte und sein Urteil so aufschrieb: "Sie wirkt wohl klein und zart, scheint aber zäh und hart im Nehmen zu sein." Was habe ich solche Erlebnisse schon ans Licht gezerrt, ausgewertet, verteufelt und verächtlichen Gesichts als Irrwege abgetan. Auch darüber denke ich inzwischen anders. Meine Erfahrungen – und zwar alle! - , sie sind Schätze, die ich hüte. Ich bin für alle dankbar, möchte keine einzige von ihnen missen. Die schmerzhaftesten unter ihnen sind oft diejenigen gewesen, aus denen ich am meisten lernen konnte. Was mich nicht umbringt, hat mich wirklich stärker gemacht. Ach, Vater, du und ich, wir beide können uns erinnern, wie wenig ich das wissen wollte! All die Versuche, Teile, Phasen, Lebenszeiten; Lover, Frau-Freundinnen, Wurzelmenschen, verträumte Landschaften, Länder, gesellschaftliche Experimente von mir abzutrennen wie Raketenstufen, die im All verglühen, haben allesamt nicht funktioniert. Ich liebe nun alles, mein gesamtes Dasein, und nur darum, vermute ich, liebt es mich auch so leidenschaftlich zurück.

Dankbar für mein elastisches Rückgrat, das den Jogger ohne Schmerz verkraftet hat, schlendere ich nachdenklich weiter. Sagte nicht erst gestern eine Freundin zu mir, sie habe eines meiner Bücher schon zum zweitenmal mit Seelengewinn gelesen und werde es auch bald ein drittes Mal tun? Stand nicht in einer E-Mail eine frohe Botschaft von meinem Künstlerfreund, der mir die Sorge um ein Titelbild für dieses Buch freibriefartig und unfassbar großherzig nimmt? Tut sich nicht ein Weg auf zu meiner Mutter? Und was ist mit all den gesunden Zweigen, Zweiglein und Ablegern in meiner riesigen, zusammengeflickten Sippe?! Niemand liegt im Krankenhaus, es gibt keinen größeren Zank und Streit; ich kann jeden anrufen und einen Kaffee vorbestellen, wenn ich will. Alles selbstverständlich? Nein, ein Reichtum für sich. Ein anstrengen-

der, verpflichtender Reichtum manchmal, das gebe ich
zu. Aber ich glaube doch nicht im Ernst, dass ich für andere immer leicht zu nehmen bin.

Ich möchte jedenfalls kein sechzigjähriges Kind werden.
Dann lieber lernen, in die anderen – auch die verwandten
und vertrauten – Menschen zu schauen wie in Spiegel.
Was ich an ihnen allerstrengst bemängele, ist oft ein eigenes, absolut hausgemachtes Knirschen im Gebälk. Das
will ich manchmal gar nicht wissen - und dennoch stimmt
es so für mich.

Ich trage sie nicht mehr alle, längst nicht die ganze
Welt, auf meinem Rücken. Und doch gehöre ich zu ihnen, bin ich mit ihnen eng verbunden und verbandelt.
Nicht sie mir aufladen oder vor ihnen buckeln, sie aber
genausowenig ignorieren und verklägern. Es gibt ein
Mittleres, ein Fröhliches, uns allen Wohltuendes zwischen mir und ihnen. Das teste ich aus. Auf diesem Weg
setze ich Schrittchen für Schrittchen die Füße voran, wie
auf meinen Wegen parallel zu Großstadtwasserstraßen.
Auch für jegliches Erkennen sage ich im Stillen "Danke".
Es ist schwer genug, den klaren Blick wirklich auf das eigene Wesen zu richten, den gespiegelten Strahl wieder zu
sich selbst zurück zu nehmen.

Oh je, von vorn kommt mein Jogger wieder angelaufen.
Er ist bereits auf dem Rückweg, und richtig, er will noch
mal auf den Arm, auf mein Kreuz. Lächelnd schüttele ich
den Kopf. Nicht böse sein, lieber Jogger, aber es ist ein
schöner Tag, und hier sind noch jede Menge anderer Spaziergänger unterwegs. Frag sie, frag ihn, aber frag nicht
mehr mich. Seine enttäuschte Miene ob meines "Nein"

halte ich aus. Ich schaue mich auch nicht mehr um, will nicht wissen, wen er gefunden hat – und ob überhaupt.

Bilde ich es mir nur ein, oder gehe ich jetzt leichteren Schritts?

Ein kleinerer Bergrucksack, von dem ich gar nicht wusste, dass er mich drückte, scheint von mir abgefallen zu sein. Ich summe eine Handymelodie nach und lasse mir sachte den Saum meines Kleidchens um die verwegenen Waden wehen.

WIEDER VERLIEBT

Seit heute ziehe ich gern kurze Hemdchen an.
Schon ein Windhauch elektrisiert mich.
Wie gut es tut, einen Körper zu spüren –
mich neu wie eine Frau fühlen, endlich.

Einzelne Sätze treffen ins Mark.
Genügen für einen schönen Traum.
Erotik sei besser als Sex, hat er gesagt. Und:
"Dich loslassen, das gelingt mir kaum."

Musik hat mir plötzlich sehr viel zu sagen.
    Die Texter kennen mich ganz genau.
Sich machtlos in ein Gefühl verlieren.
Verstand und Vernunft machen heute blau.

Wir treffen uns nur auf der Herzumlaufbahn.
Dieser Nachmittag wird kein Anfang sein.
Dennoch Dankeschön für das Aufwecken.
Ich bin verliebt. Mitten ins Leben hinein.

(Juli 2004)

»BROTSPAZIERGANG«
Plimm, plimm

Ich habe ein Lieblingsbrot. Es schmeckt nach Frieden, innerem und äußerem. Es schmeckt ganz so, als nähmen sich die Bäcker Zeit dafür. Wie sonst könnte es wohl so dicht und voll in seiner Krume, so weich und gleichzeitig so fest sein. Dunkelbraun und duftend, scheint es ein bisschen schwerer zu wiegen als nur das eine Kilo, das darauf steht. Es wurde immer teurer in den letzten Euro-Jahren, aber obwohl ich schon Protestbriefe an die Hersteller schrieb – "... und haben Sie mich hiermit als Kundin verloren!!!" -, ging ich klammheimlich doch immer wieder los und kaufte den köstlichen Laib aufs Neue. Es gibt einfach nichts Besseres, als Nahrung, Trost und Tagesabschluss.

"Einen Vati, bitte!", verlangte ich über den Tresen, und der Brotverkäufer lachte. Unser Ritual, so lange es das übliche Geschäft noch in meinem Kiez gab. Der "Vati" ist die Abkürzung für "Altvater"-Brot. Die Teile tragen Namen wie Familienmitglieder. Kein Wunder, dass ich nicht davon lassen kann. Mein Denken isst eben mit.

Während der Jahre im verträumten Land haben wir uns manchmal gewünscht, ein Brot möge so teuer sein, wie es jetzt ist. Damit nicht mehr so viel weggeworfen wird, aus Achtlosigkeit gegenüber dem Wert der alltäglichen Nahrung. Nun kostet so ein Laib 2,50 Euro, aber im Müll landet immer noch genau so viel oder sogar mehr. Ich mag nichts Essbares entsorgen. Aber allzu harte Brotkanten gefährden meine Zahnbrücken. Da muss ich abwägen.

Zweieurofünfzig gegen Zweitausendfünfzig oder so. Ich schneide schon die Rinden ab von meiner Stulle. Doch wenn auch das nicht mehr genügt, dann muss ich passen. Es tut mir furchtbar Leid, aber solch Risiko kann ich nicht eingehen. Neulich las ich eine Werbung für Zahnersatzversicherungen: "Als ich die Rechnung meines Zahnarztes las, da dachte ich, ich hätte eine Brücke für eine Autobahn gekauft und nicht für meinen Mund." Das ist witzig gemeint, aber ich kann nicht darüber lachen. Zu anderen Zeiten ließ ich mir mein Gebiss verschönern, schon fürs Fernsehen, in dem ich damals regelmäßig auftrat. Nun lebe ich mit den Folgen. Saniertes, überbrücktes, abgeschliffenes Gebiss, du Pferdefuß in meinem Leben! Ohne die Brücken sähe ich vermutlich wie die alte Frau am Bahnhof aus. Mit den Brücken muss ich aufpassen; denn sie mahnen mich: "Wenn wir zerbrechen, bröckeln, schwächeln, dann schwächelt dein Geldbeutel mit uns." Früher hatte ich panische Angst vorm Zahnarzt. Heute hat mein Portemonnaie panische Angst.

Also gut, mein Lieblingsbrot - Vati, Mutti, Onkel oder Tante - wenn es frisch und fast noch warm ist, schadet den Aufbauten aus Keramik zwischen meinen Zähnen nicht. Es streichelt meinen Magen und die Seele. Ich will es immer und immer wieder einkaufen und essen. Als eines Tages der Laden in meinem Kiez schließen muss, erfinde ich den Brotspaziergang. Eine Stunde hin, über den Friedhof, durch die Schrebergärten, am S-Bahnhof vorüber – eine Stunde zurück ist es mir wert, zum nächsten Brot-Dealer zu laufen, um das Begehrte zu erstehen. Das Angenehme verbinde ich ab sofort mit dem Nützlichen. Wobei ich nicht so genau sagen könnte, welches davon welches ist. Spazierengehen ist mir so angenehm wie

Brot einkaufen. Also verbinde ich das Angenehme mit dem anderen Angenehmen. Beziehungsweise auch das Nützliche mit dem Nützlichen.

Dieser Gang ist auch ein Sinnbild für mein Leben. Kein "Schnell, schnell" und "auf effektivstem Wege", sondern ein langsames Vorankommen und gemächliches Einsammeln. Es gibt kein anderes Ziel, bei dem ich, koste es, was es wolle, so rasch wie irgend möglich, ankommen muss. Ich setze Fuß vor Fuß, denke am Friedhof an die, die schon lange vor mir dort liegen und denen auch keine Hektik hilft. Meine Freundin Warwara sagt gern: "Die Friedhöfe sind voll von Menschen, die sich für unersetzlich gehalten haben." Ich bilde mir ein, ich kann vielleicht schon vorher klüger sein, noch rechtzeitig innehalten. Wobei mir kein Mensch sagen kann, ob sich das durchhalten lässt. Ich muss es selbst herausfinden.

Die Grünkünstler in den kleinen Stadtgärten nehmen mir eine Arbeit ab, die ich nicht beherrsche. Sie pflanzen, ziehen, hegen und begießen – , und ich habe meine Freude an den Forsythien, Dahlien, Buchsbäumen; an allem, was sie mit der Erde aushandeln, zu jeder Jahreszeit. Wenn ich fast am Busbahnhof bin, passiere ich eine versteckte Kneipe. Hier hocken sehr verstohlen, die da noch sind, wo ich schon nicht mehr bin. Beim Gott der flüssigen Prozente. Insgeheim wünsche ich den Leidenden ein Gutes. Dann lasse ich wieder los und gehe weiter. Mehr kann ich ja nicht tun. Ich weiß es aus eigener Erfahrung.

Was ich als Stadtstreicherin sehr bedaure, das sind die fehlenden WC´s. Wer zu Fuß geht, über lange Strecken, der weiß sehr schnell, wie nötig so etwas wäre, wenn man nicht immer wieder demütig an Tresen fragen und in leidlich genervte Antlitze blicken möchte. "Wir sind keine öffentliche Toilette!", wird oft geschimpft, im Zweifelsfalle Geld kassiert. Nur einmal, in einer Pizzeria, schaute mich eine Serviererin freundlich an: "Senorita, keine Mensche musse bezahle für einfache Bedürfnisse!" Grundsätzliche kommunistische Ideen sprießen an allen Ecken und Enden, immer wieder neu. Der Traum ist schlicht zu schön.

Ich nähere mich der vollautomatischen Bedürfnisanstalt, computergesteuert. Misstrauischer schaue ich sie aus Augenwinkeln an, seit ich einmal Zeugin war, wie ein kleines Mädchen darin eingeschlossen war. Sie muss mit ihrer Oma unterwegs gewesen sein, als sie zum Elektronik-Clo kamen. "Musst du mal?", mag die Oma gefragt haben – und die Enkelin genickt. Während nun die Großmutter umständlich ihre Brille suchte, eine Münze aus der Börse nestelte, sie in den vorgesehenen Schlitz steckte, Brille wieder verwahrte, müssen sich die Metalltüren des Häuschens geöffnet und die voreilige Kleine, vielleicht Fünfjährige, gefressen haben. Nun hatten sie sich jedenfalls wieder geschlossen, im Inneren ertönte ein meditatives "Plimm, plimm" aus Lautsprechern, gemischt mit dem anschwellenden Heulen des Kindes. So kam ich zu der Szene dazu. Draußen die ältere Frau, Fingerspitzen in den unnachgiebigen Spalt gekrallt und mit hoher Stimme atemlose Sätze sagend: "Ruhig, Schatzi, ganz ruhig. Die Oma hilft dir doch ...". Von drinnen das Geschrei des Mädchens, das sich zur Panik steigerte. Die Kleine verstand nicht, auf welchen Knopf sie hätte drücken sollen, dass Hilfe unterwegs sei, dass nach zwanzig Minuten sich die Türen von alleine öffnen würden. Sie schrie nur ob ihrer Hilflosigkeit in dem kalten Käfig. Tatsächlich musste sie die volle Zeit ausharren, bis unter den letzten Akkorden des "Plimm, plimm" die Pforten aufgingen. Tränen überströmt, mit herunter gelassenen Hosen, fiel sie ihrer nicht weniger erschöpften Großmutter in die Arme. Seit diesem Tag bricht mir der Schweiß aus, wenn ich mal in so einem städtischen WC-Kasten stehe und die Türen sich schließen. Die Melodei, die dann ertönt, und die ich hinterher immer noch für eine Stunde nachsinge, hat für mich einen makabren Klang. "'Plimm, plimm', ich fresse dich. Gerade, wenn du am verletzlichsten bist, mit nacktem Hintern, dann bist du mein."

Nein, danke, ich suche mir lieber ein verständnisvolles Gebüsch.

LIEBE IN ANGESPANNTEN ZEITEN

Der Kopf ist angefüllt mit Mus,
in Arbeit stecken Herz, Hirn, Hand und Fuß.
Nach vierzehn Jahren, so vertraut sind wir schon,
dass wir offen reden über Darmfunktion.

Wie rettet man Liebe im Hamsterrad?
Wie spürt man Romantik, wenn Streß sich naht?
Einander loslassen und wieder neu finden.
Sich trennen. Verbunden sein, ohne zu binden.

(Mai 2003)

»VERARBEITUNGSSPAZIERGANG«
Annette

Heute gehe ich langsamer als sonst. Die Frau, die fast Gleichaltrige, ist tot. Heute morgen erfuhr ich es aus dem Internet. Heute – genau einen Monat später. Aber nicht zu spät. Es trifft ja noch.

Als sie starb, an jenem Tag kurz vor Weihnachten, saß ich im Kino und sah ganz allein einen dieser Filme, die man nur in der Adventszeit erträgt. So tief greifen sie ins Gefühl. Ich weiß noch, ich war ängstlich. Kommt denn außer mir wirklich keiner mehr in diesen großen gepolsterten Sesselsaal – und gibt es heutzutage überhaupt noch Filmvorführer aus Fleisch und Blut? Ich war mir nicht so sicher, ob die Multiplexe, Hightech-Dolby-Surround-Theater nicht längst vollautomatisch von Computerprogrammen aus gesteuert und belichtet werden. Ich hatte mich zuvor nie dafür interessiert; wann gehe ich schon mal allein ins Kino! Nur jetzt und heute und an diesem Tag, an dem – was ich erst in vier Wochen erfahren werde – zweihundertfünfzig Kilometer von mir entfernt die Hexenschwester aufgibt und stirbt.

Mein Liebster ist dienstlich in den Schnee gereist, die Weihnachtsgäste sind noch nicht da. Ich habe eine Atempause vor dem Fest geschenkt bekommen; ohne Winter, Ski und Rodel, dafür aber ganz allein für mich. Die koste ich aus. Für vier Euro ein ganzes Kino mieten, das ist gut, pfeife ich laut und mutig in den Wald. Mehrmals springe ich auf vom blauen Plüsch des Kinosessels ganz in der

Mitte und vergewissere mich. Sind die schweren Eisentüren auch noch offen? Hat sie keiner zugeschlagen? Mich hoffnungslos eingesperrt? So einsam in dem Riesenraum mit einem vermuteten Roboter, der den Film abfahren wird, das ist mir nicht geheuer. Die Werbung läuft. Nach jedem zweiten Spot kontrolliere ich meine Stahltore. Als die Reklame fertig ist, das Licht noch einmal an geht, da schaut ein unverkennbar menschliches Wesen kurz herein, so kurz, dass ich nur denken kann: "Ein Mann! Der Filmvorführer! Gott sei Dank, aus Fleisch und Blut." Gleich wird er eine Zelluloid-Rolle einlegen, auf irgend einen Knopf drücken und den Streifen abfahren. Ich rufe ihm nach: "Bitte! Die Türen offen lassen." Ich weiß nicht, ob er mich gehört hat. Nun ist es jedenfalls gewiß: Außer mir wird niemand mehr kommen zu dieser Nachmittagsvorstellung eines vorweihnachtlichen Musikfilms. Ich bin das einzige Publikum.

Der Vorspann beginnt, und sphärische Klänge inmitten langer im Wind sich wiegender Grashalme erfüllen die Luft. Der Hauptdarsteller, ein kleiner Junge, hört Musik überall um sich herum. Ich sehe mich in ihm. So war ich auch mal, und es gehört zu den ungelösten Fragen in meinem Leben, ob ich besser Geigerin geworden wäre. Musiklehrer rieten dazu.

Aber ich wehrte mich. Warum, das weiß ich nicht mehr so genau. Fand ich sie zu "uncool", meine Geige – jedenfalls nicht halb so cool wie die Gitarre, zu der ich später singen lernte? Fürchtete ich das Doppelkinn, das sich beim Spielen auf der Violine bilden kann? Wieso habe ich mich so vehement gewehrt? Tatsächlich, ich muss es vergessen haben, es fällt mir nicht mehr ein. So, wie mir manches nicht mehr einfallen will, gegen das ich rebelliert, um das ich gekämpft, wonach ich gestrebt habe – oh, so gestrebt! Was suchte ich bloß? Wo nur wollte ich so verzweifelt hin?

Ich falle in den Film, in seine Geschichte einer Kunst und einer Familie. Als ich nach drei Stunden aufstehe, bin ich eine Andere. Ich laufe gemessener, ich schaue staunender in die Welt. Die Eisentüren sind zu, es ist mir egal. Wann und wie, leise oder laut, mag jemand sie geschlossen haben? Vielleicht der Roboter, rechnergestützt? Ich habe es nicht im Geringsten bemerkt. Ich bekam nichts mit. Das Stück Wegs nach Hause, meinen Spazierweg mit den unsichtbaren Furchen vom vielen Zurücklegen, laufe ich wiegenden Schritts wie zur Musik. Mich stören nicht die Menschen, die mir sonst immer viel zu nahe zu treten scheinen. Ich laufe wie in einem Kokon, in einer Blase; geschützt, gedämpft, wattiert vor der Welt und gleichzeitig hellwach, glasklar, vibrierend; mitten unter ihnen, mit ihnen allen eng verbunden.

"Dieses Gefühl möchte ich in Flaschen abfüllen und hin und wieder einen Schluck daraus nehmen können.", wünschte ich. Spirit contra Spiritus. Nach so etwas hatte ich gesucht.

Schon ahnend, es wird nicht anhalten, koste ich es aus, mit jedem einzelnen Schritt. Ich singe einzelne Töne leise nach. Vielleicht, dass sie dadurch nicht allzu rasch wieder verloren gehen.

Ich habe keine Ahnung davon, dass vielleicht im selben Moment in der nördlichen Stadt Annette, die beinahe Gleichaltrige, mit ihrem Tod ringt. Sie habe sich lange dagegen aufgelehnt, steht in dem Nachruf ihres Pfarrers.

Hört sie am Ende auch eine Musik? Und wenn ja – eine schöne, lockende? Oder eine traurige, verstörende?

Erst heute, einen Monat später, denke ich an sie. Beim Tagebuchschreiben am Morgen kam sie mir in den Sinn. Ihr Büchlein, das sie schrieb, lege ich zur Zeit als Stabilisator unter mein dickes Tagebuch, damit die Hand beim Schreiben besser ruhen kann. Das tue ich schon seit Tagen, seit die linke Hälfte meines handbeschriebenen Wälzerchens stärker geworden ist. Am Anfang eines solchen Werkes brauche ich ein Vierhundert-Seiten-Unterlegbuch, später eines mit 300, 200 Seiten; nun, wo ich fast auf der Hälfte angekommen bin, ein schmales. Da kam mir das von Annette, 93 Seiten dünn und doch in seinem Gedankeninhalt gewichtig, gerade recht. Schon fünfzehn Mal nahm ich es morgens mit dem ersten Kaffee zur Hand, plazierte es bequem unter meine Seiten und schrieb. Erst heute sah ich es auf einmal an, als ob es mich gerufen hätte. Und ich dachte an sie. "Heute schreibe ich ihr einen Brief.", nahm ich mir vor.

Ich wünsche ihr ein Gutes Jahr – noch ist ja Zeit dafür, wir haben Mitte Januar! -, und ich erzähle ihr von meinen Büchern. Vielleicht, dass wir mal wieder gemeinsam eine Lesung veranstalten können. Es war so schön, bei ihr, in ihrer Stadt. Sie war so großzügig und mit sich selbst verschwenderisch, damals, als sie mir beim Entstehen einer Sammlung half. Als sie mich zu sich einlud, für eine Lesereise, sobald das neue papierne Baby geboren war. Damals schenkte sie mir auch ihr eigenes geistiges Kind; jenes, das mich heute zu ihr rief. In dem Moment, in dem sie es mir überreichte, da hatte sie einen besonderen Blick. Einen verschwörerischen, eindringlichen. Zwei Frauen wie wir verstehen uns auch ohne viele Worte, las ich in ihren braunen Augen. Sie färbte ihre Mähne schwarz und rot, ich ließ die weißen Strähnen in der meinen schimmern. Aber sonst – zwei wilde Weiber in einer gestriegelten Welt.

Das alles ist drei Bücher her. Es wird allerhöchste Zeit, mich wieder mal bei ihr zu melden.

Ich freute mich auf sie. Es tat schon gut, nur an sie zu denken. Gleich würde ich ihr schreiben. Im Internet suchte ich nach ihrer Adresse, da sah ich sie: Die Zeitungsmeldung über ihr Sterben. Genau an meinem Kinotag, vor einem Monat. So kurz vorm Fest. Und sie hat vier Kinder. Ich zünde meine sechs Kerzen auf einem schmiedeeisernen Leuchter an. Entfache einen Weihrauch-Sandel-Räuchernebel. Die guten Geister beschwören, die bösen vertreiben.

Annette war ein guter Geist in menschlicher Gestalt. Ein plattes, abgegriffenes Wort kommt mir in den Sinn, das von der Kerze, die an beiden Enden brannte. Von Berufs wegen kümmerte sie sich um Fremdländische, denen sie sich nahe fühlte. Aliens auf Erden. Sie tat mehr, als sie hätte tun müssen, und sie war keinem gram, der für sich anders entschied. Die Menge an Einsatz ist egal, Hauptsache, das Bessere im Land vermehren. Für sich verordnete sie: Keine Schonung! Sie sah weder auf Zeit noch auf Kraft oder Herzeinsatz. Und so reichte wohl, was sie zur Verfügung hatte, nur bis ans Ende der Vierzig. Längst habe ich es mir abgewöhnt, zu urteilen. "Hättest du doch bloß ..., dann wärest du ..." – uns länger erhalten geblieben, glücklicher geworden, gesund gealtert. Alle "Hättes" und "Wäres" tat ich in blaue Säcke, schnürte oben zu und warf sie auf den Müllhaufen meiner Geschichte. Dorthin, wo nun seit mehr als dreißig Jahren auch meine Geige ruht. Annette wird genau gewusst haben, warum sie tat, was sie tat – und so, wie sie es tat. Auf die selbe energische Art, mit der sie an ihre Feuerhaare keine Schere ließ, gestattete sie es, dass sie auch mitten in der Nacht noch einer anrufen durfte, der Asyl suchte, weil er zu Hause nicht überlebt hätte. Ja, ich denke, sie wird gewusst haben, was sie tat. Sie, die entflohene Liebhaber mittels Pflanzenzauber hinter ihrem Haus zurückholen konnte. Sie, die in einem Gedicht an ihre Kinder fragt, ob die Liebe ausreicht, die Zerstörung zu verhindern. Ach, Annette, die wie ich das Beste vom verträumten Land hatte hinüberretten wollen. "Ich Vollidiotin, die ganze Zeit glaubte ich, die Welt verändern zu können!", beginnt ihr Text "Wir im Osten". Sie beschreibt auch ihre tiefe Sehnsucht nach Ruhe, Stapeln von ungelesenen Büchern neben einem weiß bezogenen Bett, und keine Sorgen, weil ein Stab von Personal alles erledigt. Und lebte doch ganz anders, als trüge sie die ganze Last auf ihren schmalen Schultern.

Ich kenne das, ich war genau so. Nur an irgend einer Kreuzung muss ich einen anderen Abzweig genommen haben als sie, die Unermüdliche, die Müde.

Zum zweiten Mal am selben Morgen öffne ich mein Tagebuch. "Liebste Annette", schreibe ich einen Gruß an sie. "Ich brauche vielleicht einen längeren Lebensatem als du. Ich werde hier noch lange sein, das fühle ich. Darum musste ich das Haushalten mit mir selber lernen, alle die Weisheiten über gesunde Körper, in denen gesunde Geister ihr Wesen treiben. Ich komme mir so egoistisch vor, wenn ich mich derart fürsorglich behandle und an jemanden wie dich denke dabei." Als ich aufschaue in meinen

Räuchernebel, sehe ich sie lächelnd den Kopf schütteln. "Lass sein. Das ist Quatsch. Mach dir nicht solche Schwierigkeiten! Meins, das war meins. Deins ist deins und auch nicht zu verachten. Also bleib gefälligst und sei dir, du Schöne, treu. Wie ich es war. Wie ich es war."

Schöner scheitern

Und wieder Angst in tiefrer Schicht.
Dass sie noch da sei, glaubt' ich nicht.
Ein Zeitchen feinster Illusion,
und dann der Abgrund, wie zum Hohn.

Doch alles Trübsal und Geleide,
es hat auch eine gute Seite.
Ich nehme Boten, Zeichen wahr
und sehe viele Dinge klar.

Am Markt einen indischen Weisen,
der mich erkennt. Mit seiner leisen
und unendlichen Stimme tröst',
dass sich mein fester Wirbel löst.

Zaubrisch getragen geh ich weiter,
nicht düster mehr und noch nicht heiter.
Eine Ahnung, wie ich so lauf':
Ich stehe immer wieder auf.

(März 2002)

»ÄRGERSPAZIERGANG«
Wozu grummeln?

Es ist so sinnlos, mich über irgend etwas zu ärgern. Und doch – es passiert mir immer wieder. Dabei weiß ich schon längst: Ich ärgere mich, nicht die anderen. Trotzdem. Da gibt es Tage, an denen ein hämischer Dämon seine Krallen ausstreckt und nach mir greift. Ich kann dagegen halten, was ich will, es grummelt.

Morgens schaue ich in mein E-Mail-Fach. Heute beginnt die Fastenzeit, für die ich mir vorgenommen habe, weniger süchtig mit dem Internet umzugehen. Sieben Wochen bis Ostern nur ein, na gut, zweimal täglich auf den bewussten Knopf drücken, den Rechner hochfahren und meiner Neugier freien Lauf lassen. Will jemand etwas von mir? Gibt es überraschende Wendungen? Anfragen? Grüße? Ideen? Lesungstermine? Und wenn ich schon mal dabei bin, gucke ich auch gleich in das Tagebuch meiner Tochter, die im Ausland ist. Hat sie etwas geschrieben? Jemand originell geantwortet? Wenn ja, gebe ich meinen Senf meistens dazu. Blättere noch schnell die Online-Zeitungen durch, noch mal zurück zu den mails – und schwuppdiwupp sind zwei Stunden herum. Das ist gar kein Problem. Jetzt will ich mich disziplinieren. Ich habe mich damit beschäftigt, was Fastenzeit ist, wie sie von verschiedenen Strömungen verstanden und praktiziert wird. Vom weniger Essen fühle ich mich nicht angesprochen. Ich lebe so bescheiden und bedacht in meinen Mahlzeiten. Alkohol, Zigaretten, wechselnde Liebschaften kommen in meinem Leben nicht vor. Was also könnte mir schwer fallen; worauf sollte ich vorübergehend verzichten, um zu Gott und zu mir selbst zu kommen? Da fiel mir nur das Gemaile und Gesurfe ein. Ich staune, wie unmachbar mir allein der Gedanke vorkommt. "Was? Nur zweimal am Tag die E-Mails checken?!" Ein dicker Knubbel bildet sich in meiner Magengegend. Unmöglich! Das geht doch gar nicht!

Anscheinend bin ich auf der richtigen Spur. Bin mir selbst auf die Schliche gekommen.

Und nun das! Zwanzig sogenannte Spam-mails verstopfen meinen elektronischen Briefkasten. Wer eigentlich bietet mir so hartnäckig Viagra an? Welchen Penis sollte ich verlängern? Und wieso sollte mit meiner Potenz etwas nicht in Ordnung sein? Dass Liebe wichtig ist und wir sie alle brauchen, weiß ich spätestens seit den Beatles. Aber im Zusammenhang mit diffusen Verkaufsangeboten aus Übersee ist mir selbst dieser Gedanke suspekt. Ich lösche diesen ganzen Werbemüll mit einem Klick und informiere mich, was ich da noch tun könnte. Ja, klar, mein Anbieter wüßte schon Rat, aber das kostete extra. Nein, danke, dann entferne ich den Krempel lieber weiterhin per Hand. Falls die Finger schwächeln, kann ich mir ja Viagra bestellen. Blödsinn! Das wallende Blut bringt mich schon auf die schrägsten Gedanken.

Beinahe hätte ich die Nachricht meiner Freundin mit entfernt. Im allerletzten Moment bemerke ich es und sichere sie. Elke schreibt, mein Brief sei noch nicht angekommen. Vor sechs Tagen habe ich ihn mit einer Post-Konkurrenz zu ihr geschickt. Ich hatte noch gefragt, ob das auch wirklich funktionieren würde. "Ja, klar", hatte die Pferdeschwanz-Blondine genickt und mich angeschaut, als sei ich ein Fossil aus einem anderen Jahrtausend. Nun rufe ich sie wieder an. "Das kann schon mal passieren", spricht sie mit der selben Langmut wie vor einer Woche. "Nach Süddeutschland – liegt Thüringen in Süddeutschland? – brauchen wir länger. Manchmal wird dort über uns auch gar nicht zugestellt." Ganz toll. Das konnte sie mir wohl nicht sagen, als ich meine snail-mail noch selbst in den Händen hielt. Nun müsse sie sich aber für mich kümmern. Nein, klärt sie mich auf, müsse sie nicht. Sie gebe mir jetzt eine Telefonnummer, da könne ich mal anrufen, und die forschen dann vielleicht für mich nach. Ich koche innerlich über diesen Anti-Service, verspreche der Blondine, nie wieder ihr Geschäft zu betreten, knalle den Telefonhörer auf und habe den Ärger doch nicht abgeben können. Er ist immer noch bei mir geblieben. "Im Laden meiner Oma hätte es das nicht gegeben!" denke ich. Manchmal würde ich sie gern alle am Kragen packen, durchschütteln und hinterher erziehen, die glubschäugigen, leer blickenden, gelangweilten Verkäufer und Verkäuferinnen. Ich bin nämlich davon überzeugt, dass ich es sehr viel besser könnte als sie, dass ich ausgesucht höflich und zuvorkommend wäre, und zwar zu jedem einzelnen meiner Kunden. Von einer wie mir könnten sie alle eine Menge lernen, wenn ich das nur wollte! Es liegt ja schon in meinen Genen. Wenn etwas anders gelaufen wäre mit meinem Schicksal, dann stünde ich jetzt, weißes Häubchen auf dem frisierten Kopf, hinter dem blankgeputzten Tresen und würde Milch, Käse, Quark verkaufen. Vollblut-Geschäftsfrau, die ich wäre.

Kein Wunder, dass ich mich so echauffieren muss.

Ich habe schon vieles versucht, um diese Aufwallungen los zu werden. Ich lasse positives Denken, Yoga-

Philosophie, die Gruppen des offenen Visiers auf mich wirken. Dadurch ist alles milder geworden, aber ganz weg eben nicht. Oder ist das überhaupt eher eine Illusion? Dass wir Menschlichen imstande sein sollen, einen be-Omm-ten Zustand zu erreichen? "Gott gebe mir die Gelassenheit, Dinge hinzunehmen, die ich nicht ändern kann" – aber gib sie mir sofort!

Ich glaube, es geht nicht. Wir sind auf Erden, um zu üben, um nicht perfekt zu sein, um immer wieder heraus zu fallen aus unserer Weisheit – und sie neu zu suchen. Lieber wäre mir, ich bräuchte mich nicht mehr zu ärgern. Nie wieder unbeherrscht zu sein. Endlich ein dauerhaft entspannter, sanfter Quell von Heiterkeit und Lebensfreude für mich und für euch.

Neulich war mir so. Schon aus dem Bett heraus sagte mein Inneres beim ersten Blick in den Spiegel: "Mädchen, siehst du gut aus!" (Ich trug meine Brille noch nicht, wie immer zum Tagebuchschreiben.) Mit meinem Pott Kaffee schlurfte ich zum Sekretär, im Kopf ein seliges: "Was für ein Leben! Bin ich glücklich!!!" Ich wählte das bunte Fliegenpilzkleidchen, kräftige Kleidungsfarben auch sonst. Beschwingt brach ich zu einem Inspirationsspaziergang auf, schwebte fast über meine Wege, grüßte alle Leute und erntete herzliche Mienen.

Immer noch lächelnd und voller Ideen, die ich gleich aufschreiben würde, erreichte ich mein Haus. Vor dem Eingang ein Kind und ein Mann mit zwei großen, großen Hunden. Die Viecher tobten, beschnüffelten einander die Schwänze, bellten und machten mir Angst. Noch vermutete ich, die Besitzer des Getiers würden vielleicht ein Stückchen rücken, zur Seite gehen, damit auch Platz für mich wäre. Nein, sie blieben, wo sie waren, blockierten meine Tür. In großem Bogen um die parkenden Autos vermied ich allzu große Nähe, wollte mich an mein Zuhaus heran pirschen. Jedoch, als ich dort angekommen war, direkt vorm Hauseingang, standen auch die Ungetüme längst schon an Ort und Stelle. Ich kam nicht vorbei. Die Menschen an den anderen Enden der Hundeleinen schienen mich gar nicht zu sehen. Das war der Augenblick, in dem mein Dämon wieder einhakte. "Es kotzt mich so an! Überall in der Stadt ihr mit euren Scheiß-Hunden!", verlor ich eindeutig die Contenance. Das Echo kam prompt: "Wer so eine Scheiß-Wohnung hat, braucht sich nicht zu wundern!" (Hä! Woher kannte der meine Wohnung? Und wieso fand er sie nicht schön?) Immerhin, sie wichen ein wenig zur Seite und ich rauschte ins Haus. Schnell, schneller, um Schlimmeres zu verhindern. Ich kenne mich. Oh Gott, wenn mich jetzt meine Yoga-Lehrerin beobachtet hätte! Was würde sie wohl von mir denken...

Ich war in Sicherheit. Aber die himmelsgleiche Stimmung hatte der Dämon gefressen.

So kann's gehen, und ich schwöre: Ich will so nicht sein.

Aber in dieser Sache gibt es ein happy Ende. Bitte, merken Sie auf, geliebter Leser, liebe Leserin, und staunen Sie mit mir.

Eine Woche später breche ich zum Brotspaziergang auf, halte plötzlich in meinem Schritt inne und drehe mich um. Der Mann da, mit dem großen, schwarzen Hund und der Pudelmütze, ist er das nicht...?!

Ich gehe zurück, spreche ihn an. "War ich neulich so böse zu Ihnen?" Er hält den Atem an, nickt. "Das hat mir sofort hinterher leid getan. Ich habe mich im Ton vergriffen, und dafür möchte ich mich entschuldigen." Er reißt die Augen auf, sieht so aus, als hätte so etwas vorher noch nie im Leben jemand zu ihm gesagt. "Na ja, ich bin ja auch ziemlich frech gewesen ...", murmelt er. "Das ist kein Wunder", sage ich. "Wie es in den Wald hinein ruft, so schallt es auch wieder heraus." Wir streifen unsere Handschuhe ab, reichen einander die Hände. Im Weitergehen ist mir, als hätten wir für heute ein kleines bisschen die Welt gerettet.

DIE TIEFE DES NETZES

Im Internet
sammeln sich Seelen.

Und geben sich
ihren Bewohnern

manchmal nicht zurück.

(März 2002)

»LOSLASSSPAZIERGANG«
Mein alter rosa Bademantel

Ich nehme Abschied von meinem geliebten rosa Bademantel, meiner ersten Umarmung am Morgen. Der Liebste hatte ihn mir damals geschenkt, vor – ich weiß gar nicht mehr, wie vielen – Jahren. Sie kennen mich um Fassung ringend, guter Dinge; verzweifelt und voll Zuversicht, das Kleidungsstück und der Mann. Sie dienten schon als Trost nach nächtlichem Gespensterbefall, als Hülle, Anlehne für unbändiges Freuen nach kleineren und größeren Triumphen; als Unterlage für spontane Schäferstündchen. Das Kleidungsstück und der Mann.

Wie viele Energien, Schwingungen und Launen mögen sich wohl in dem dicken Frotteestoff gesammelt haben. Ob sie inzwischen schwer auf meinen Schulter wogen, an jedem neuen Tagesanfang, wenn ich den Rosanen wieder übergestreift habe und zur Kaffeemaschine ging? Er war schon ganz zerschlissen an den Ärmeln - und abgewetzt am Po. Die Seidenschmetterlinge, die als Zierde mal den Rücken geschmückt hatten, hingen in allerletzten Fetzen traurig herab. Immer wieder nahm ich mir vor, sie anzunähen oder völlig zu entfernen. Aber ich vergaß es; ich habe hinten schließlich keine Augen. Wie der Zustand des einstmals eleganten Kleidungsstücks gewirkt haben muss, sah ich in den Blicken der Familie. Jedoch, ich setzte mich über ihren Spott hinweg. Es war schließlich mein Bademantel. Er hielt noch irgendwie zusammen; er wärmte mich, also wozu sollte ich mir einen neuen erwerben. Johnny Depp trug in seiner Filmrolle als Schriftsteller ein ähnlich abgeschabtes Teil. Also! Wir sind nun einmal so, wir Künstler.

Aber ich bemerkte selbst, mit der Zeit, wie sehr der Mantel mich veränderte, meinen Gang, meine Sicht auf mich selbst, vielleicht gar schon mein Denken. Ich konnte darin nur noch schlurfen, müde watscheln; gleichgültig, uneitel die Spiegel passieren. Es sieht mich ja keiner. Nur ich. Bin ich keiner?!

Er war mir so vertraut. Hatte schon über meiner alten Saunatasche gehangen, mich in eine Klinik begleitet, so viele Schreibtischstunden mit mir geteilt. Ich hänge an ihm und habe mich lange nicht an meinem Aufzug gestört. Bis gestern. Einer plötzlichen Eingebung folgend, ging ich mir einen neuen weißen Bademantel kaufen – sie waren gerade im Angebot. Um es mir nicht noch einmal anders zu überlegen, packte ich gleich den alten, meinen Freund in Rosa, in die frische Verpackung, tackerte oben zu und trug die Tüte in die Mülltonne. Ein wenig hielt ich davor noch inne. Tschüß, du Stück meiner Vergangenheit. Jetzt hast du ausgedient. Ich lasse dich zurück, lasse los und nehme dich nicht weiter mit.

Etwas schwebender kehre ich die Treppe hinauf in mein Künstlerhüttchen zurück. Probiere vorsichtig den Neuen in unschuldigem Weiß. Er ist noch länger, weiter und geräumiger.

Die Ärmel sind ein wenig kurz. Na gut, denke ich, dann hängen sie wenigstens nicht in die Tinte oder ins Frühstück. Anders als Freund Rosa besitzt Freund Weiß eine Kapuze. Darin hätten außer meinem noch zwei weitere Köpfe Platz. Ich ziehe ihn wieder aus. Na ja, mal sehen, ob wir uns aneinander gewöhnen werden. Später am Tag erzähle ich dem Liebsten vom Wechsel "rosa-ramponiert" zu "weiß-flauschig" und ernte ein Lob. "Na endlich!", seufzt der Mann. "Das wurde auch allerhöchste Zeit." Wir sind´s zufrieden, wir beide.

Mitten in der Nacht wache ich auf. Mein Herz rast. Ich bin schweißgebadet. Drauf und dran, jetzt gleich zur Mülltonne zu wandern und alles rückgängig zu machen, kann ich mir auf einmal nicht mehr vorstellen, den Mantel zu entbehren. Ich will ihn auf der Stelle da heraus klauben. Jetzt, bei Nacht und Nebel. So ein großes Stück meines Lebens in Gestalt eines zerliebten Textils! Es schmerzt mich so, es aufzugeben. Ich trenne mich nur schwer davon. Wieso hänge ich dermaßen an Dingen? Trotz der Aufregung kommt es selbst mir und meinen Nachtgeistern seltsam vor, jetzt, im tief Dunklen, hinunter zu gehen und im Unrat zu wühlen. Wer weiß, was über meiner Tüte mittlerweile alles lagert! Ich warf sie ja schon mittags weg. Seitdem kann viel geschehen sein. Und außerdem: Wie kostbar finde ich mich eigentlich selbst, wenn ich ernsthaft erwäge, etwas einmal Entsorgtes erneut in Besitz zu nehmen – gar am Körper tragen zu wollen?

Nein, das lasse ich bleiben. Ich lege mich auf den Rücken, rolle im Rhythmus des Ein- und Ausatems meine großen Zehen ein und wieder aus. Das beruhigt mich. Irgendwann schlafe ich wieder ein. Als ich aufwache, gilt mein erster Gedanke dem Neuen. Nachdem ich wie immer die Unsichtbaren gebeten habe, mich durch diesen Tag zu begleiten, meine Worte und Gedanken zu lenken und zu leiten, raffe ich mich auf und streife den Weißen über.

Er fühlt sich noch ein wenig starr an, so, als wäre er mit Metallfäden durchwirkt. Die Kapuze will mir den Nacken nach hinten ziehen, scheint es. Die Fledermausärmel machen sich wichtig. Der üppige Stoff schmiegt sich noch nicht an. Mit einem meiner Kuschelschals mildere ich alles ein wenig ab. Dann beginne ich zu schreiben, wie immer am Beginn eines Tages.

Als ich nach einer Stunde aufschaue, scheint draußen eine Frühlingssonne, und mir ist warm. Nachher werde ich laufen. Ein Loslassspaziergang an der Spree.

Herzlich willkommen, mein Freund in Weiß. Ich fühle mich bereits wie zu Hause in dir.

ZEIT FÜR EIN GEDICHT

Ich habe etwas herausgefunden:
Die Zeit, sie heilt nicht alle Wunden.
Einige bleiben uns immer erhalten.
Sie ruhen. Wir spüren nicht dauernd ihr Walten.

Doch dann, wenn wir's allerwenigst erwarten,
werden sie berührt, giftig angestochen und starten
erneut ihren Schmerz und ihr wehes Entsinnen:
"Da rumort noch etwas, tief in dir drinnen!"

Vielleicht wäre es gut, wir könnten dann lachen.
Uns drüberschwingen und uns nichts daraus
                                    machen.
Doch vor den Flug setzen die Götter das Leiden.
Wir dürfen uns nur allzu menschlich entscheiden.

(November 2004)

»BERUHIGUNGSSPAZIERGANG«
Mein Gentleman des Tages

Heute morgen hat mich mein Nachbar geweckt. Oder sollte ich sagen: Mein "Über-bar"? Denn es ist nicht jener, der mir am nächsten, also neben mir wohnt, sondern der oben drüber, im zweiten Stock unseres Altberliner Mietshauses. Ich glaube, er war fröhlich. Aufgedrehten Radioapparates schien er singend und staubsaugend durch die Räume zu tanzen, leider direkt über meinem Gesicht, denn ich schlafe im Hochbett unter seinen temperamentvollen Füßen. Er weiß das, und im Laufe der Jahre haben wir uns auf einen Kompromiss geeinigt. Er bemüht sich um einen sanften Auftritt, ich fröne dem Gott des Ohropaxes. Da wir einander außerdem mögen und gern auch mal mit einer Umarmung begrüßen, kommen wir gut zurecht. Leben und leben lassen statt eines Nachbarschaftskrieges, dessen Echo ich sowieso nicht vertrage. Einmal habe ich – und das ist wirklich schon Jahre her – bei ähnlicher Gelegenheit mit einem Besenstiel an die Zimmerdecke gewummert. Augenblicklich wurde es oben still. Aber ich lauschte tagelang an meiner Wohnungstür, bevor ich mich ins Treppenhaus traute. "Kommt Rolf gerade die Stufen herunter?", versuchte ich, eine Begegnung zu vermeiden. Natürlich fand sie trotzdem statt, früher oder später. Lachend kam mir die Frohnatur entgegen, scherzhaft den Oberlehrer-Zeigefinger erhoben. "Was war denn neulich mit dir los?!" Ich wurde rot, denn die zänkische Alte mag ich nicht geben. Seitdem überlege ich genau, ob ich Krach vom Zaume breche oder lieber nicht.

Lieber nicht, entscheide ich mich immer öfter. Und ziehe mir im Geiste heran, was mich darin unterstützt. "Einen Yogi interessiert nicht, was im Außen ist.", zum Beispiel. Jemand, der viele Jahre ernsthaft Yoga übt, nicht nur körperlich, sondern auch seelisch, geistig, philosophisch; der ist imstande, sich derart in sich selbst zu versenken, dass neben ihm ein Güterzug vorüber brettern kann – und er bleibt doch entspannt im Hier und Jetzt. Ich wünschte, ich wäre schon annähernd so weit.

Ich bin es jedoch nicht.

Mir fällt mein Freund Mario ein, der zur Zeit ein Oktavheft führt, in das er mit Stunde, Umstand und einer Lautstärkeskala von Eins bis Zehn genau einträgt, wie oft und wie gewichtig seine Obermieterin ihren Fußboden betritt. Wenn alles erfasst sein wird, dann will er gegen sie vorgehen, so oder so. Die Wohnungsmiete hat er schon gemindert. Ihr böse Briefe zugesteckt; sie beim Hauseigentümer angezinkt. Das ist noch harmlos! In seinem Kopf spielen sich wahre Krimis ab. Was könnte er der armen Frau zum Beispiel alles mittels einer großen, langen Spritze, die er sich schon besorgen wird, durchs Schlüsselloch sprühen? Ob gequirlte Kacke im Glaskolben Klümpchen bildet? Nur, damit Sie kein falsches Bild von Mario bekommen: Er ist ansonsten ein friedlicher und korrekter Bürger, der seine Steuern zahlt und nach dem

Abwasch jedes Wassertröpfchen fortwischt. Nur Ruhe-
störung, auf die er sich konzentriert, bringt ihn in Rage
und weckt die kriminelle Energie in ihm.

"Das kommt alles bloß vom Übereinanderwohnen!",
sagt Marios Bruder in Ostfriesland. Von der Küste und
seinem flachen Haus her kennt der so etwas ja nicht.
Mario nützt es wenig. Er leidet und notiert, kämpft und
vibriert vor unterdrückter Wut.

So will ich nicht werden. Nein, auf gar keinen Fall.

Statt dessen ziehe ich meinen Parka an und breche auf
zu einem Spaziergang. Ich möchte mich beruhigen und
den frühen Lenz genießen. Wir haben Anfang Februar,
die Sonne scheint, die Krokusse sind draußen; es grünt
und sprießt und zwitschert; die Ringeltaube im Efeu vor
meinem Fenster meldet sich gurrend zurück. Ich trinke
die schon warme und noch frische Luft mit der Nase –
und da ist es wieder. Menschen kreuzen meinen Weg und
rennen mich fast um. Sehen sie mich nicht? Oder habe
ich eine Tarnkappe auf? Manchmal ist mir, als wäre ich
in einem früheren Leben eine vornehme Lady gewesen
und hätte die Etikette von damals mit herübergenommen,
in dieses Leben. Herzlichen Glückwunsch, liebe Clara-
Katrin, da hast du ja richtig zugelangt! Ein Teil von mir
möchte die Herren auf der Großstadtstraße erziehen:
"Verzeihen Sie bitte, aber ich kenne das so, dass man einen Schritt zurück tritt, um eine Dame zuerst vorübergе-
hen zu lassen. Vielleicht den Kopf neigt, einen imaginä-
ren Hut zieht, einen respektvollen Abstand hält – und erst
dann weitergeht." Am liebsten möchte ich mit strenger

Stimme sagen: "Und jetzt üben wir das, mein Herr, und zwar so lange, bis Sie es können!" Wahrscheinlich würde man mich unauffällig entfernen und irgendwo in Sicherheit bringen, lebte ich diese Phantasien im Berlin unserer Tage aus. Aber da sind sie!

Sie sollten höflich zur Seite treten, mir die Türen aufhalten, in den Mantel helfen, aufhören, zu telefonieren und mit dem Auto kurz stoppen, wöllte ich die Straße überqueren. Hach, was wäre das für eine Welt, würde es nach mir und meinen Benimm-Vorstellungen gehen. Ich träume sie mir noch in allen Details herbei, da läuft ein älterer Mann direkt auf mich zu. Er macht nicht die geringsten Anstalten, auszuweichen. Als wir Auge in Auge, Nase an Nase einander gegenüber stehen, frage ich ihn: "Und? Kein bisschen Gentleman?" – "Doch, gewiss.", entgegnet er ohne Scheu. "Nur, in Deutschland herrscht ein Rechtslaufgebot!" Er sei ein Rechtsgeher, punktum. Spricht's, und lässt mich offenen Mundes zurück. Habe ich etwas verpasst? Gibt es etwa ein neues Gesetz hierzulande? Das sogenannte Rechtslaufgesetz? Eine Art Spazierwegs-Verkehrsordnung, kurz: SPVO? Sollte ich dann eine Geh-Schule gründen; einen Lauf-Schein erfinden, den jeder ab sofort vorzeigen muss? "Nun hauchen Sie mich mal an! In Deutschland wird mit Null Promille und vor allem rechts gelaufen. Bei Ihnen habe ich sehr unordentliche Schlängellinien gesehen."

Und wenn, wie jetzt im Frühling, rechts der Wintermatsch noch übrig ist? Nach Regentagen gibt es nur einen schmalen Steg der Trockenheit, auf dem Radfahrer,

Jogger und Spaziergänger gemeinsam balancieren. Sollen dann vielleicht die einen sauberen Schuhs und Reifens nach Hause kommen, während die anderen, auf der rechten Seite des Weges, durch Modder waten müssen? Und wen kann ich verklagen, wenn meine teuren Treter dann nicht mehr so neu sind wie zuvor?

Ich will das alles nicht. Ich küre ab sofort den "Gentleman des Tages", und manchmal sage ich ihm das auch. "Schade!", zu einem verblüfften jungen Mann. "Hätten Sie mich gerade beim Entern des letzten Sitzplatzes in der Bahn nicht geschnitten und sich selbst vor mir aufs Polster gehechtet, Sie wären heute glatt mein Gentleman des Tages geworden!" Unsicher will er sich erheben. "Nein, nein", wedle ich ihn mit einer ungnädigen Handbewegung wieder zurück. "Nun ist es glatt zu spät. Morgen gibt es eine nächste Chance."

Auf den letzten Metern nach Hause schwankt ein Rotgesichtiger auf mich zu. Die "Standartenträger" fühlen sich oft zu mir hingezogen, ich kann nichts dagegen tun. Will er Geld schnorren? Ein gelalltes Gespräch? Aber nein, der Mann mit Schlagseite hat Manieren. "Verzeihen Sie bitte vielmals die Störung", nuschelt er durch den übrig gebliebenen Zahn. "Würden Sie mir bitte sagen, ob ich auf dem Rücken schmutzig bin?" Er dreht sich um. Sein blaues T-Shirt ist ein wenig verschwitzt, aber sauber. Im Hosenbund hat er eine Bierflasche stecken. "Alles okay.", sage ich. Der eine Zahn nähert sich blinkend meiner rechten Hand, als sein Besitzer sie ergreift und einen gehauchten Kuss darauf andeutet. "Herzlichen Dank. Schöne Augen haben Sie. Aber das sagt Ihr Mann bestimmt auch." Er verabschiedet sich mit einer Verbeugung. Insgeheim verleihe ich ihm meinen Titel. "Gentleman des Tages".

Leicht erschöpft kehre ich nach Hause zurück. Wie immer hat das Spazierengehen gewirkt und mich sanfter, milder, arbeitsbereit gemacht. Im Treppenhaus begegnen mir neue Leute.

Über mir gibt es nämlich zwei Wohnungen. Rolf residiert in der einen, den kennen Sie schon vom Anfang dieser Geschichte. In die andere zog vor kurzem eine junge Familie. Mutter, Lebensgefährte, zwei Söhne, sieben und drei Jahre alt. Diese Eltern treffe ich nun auf der Treppe und stelle mich vor. "Es tut uns jetzt schon leid, wenn die Jungs zu laut toben sollten über Ihnen.", sagen die Leute. "Das sind kleine Rabauken. Wir haben sie ja schon gemahnt, aber es lässt sich nicht so ganz vermeiden. Dort, wo wir herkommen, haben sich allein stehende Rentnerinnen regelrecht zusammen getan, um uns mit unseren lärmenden Kindern zu vergraulen. Sagen Sie uns ruhig, wenn es zu schlimm werden sollte." Ich lächle voller Verständnis und denke an das türkisblaue Bretterhaus, das meine pubertierenden Kinder einst auf unseren Hinterhof gebaut hatten. Ein willkommener Jugendtreff für alle Halbstarken in unserem Kiez, aus dem es rauchte und düftelte; in dem erste Küsse und verbotene Videos getauscht wurden. Aus dem wir eines schwarzen Tages auch einen Jungen als Schnapsleiche hinaus trugen. "Machen Sie sich keine Sorgen", lächle ich meine neuen Überbarn an. "Ich habe selbst Kinder und weiß, wie das ist. Im Grunde handelt es sich doch um das Leben selbst. Das sollten wir schon aushalten können. Auf gute Nachbarschaft also!"

Manchmal sehe ich ganz genau, wie ich gern wäre. Dann presche ich vor und bin mir selber weit voraus.

GEGEN VORURTEILE

Wenn alles, was gewesen, schweigt
und Mensch sich pur zum Menschen neigt –

was bleibt?

Ein Hauch vom Schmerz, ins Meine übersetzt,
Erinnerung, die jetzt nicht mehr verletzt.
Ein Ohr, viel besser als ein Schwall,
Geld, Profession, Stände   weg der Wall.

Sei still, sagen Indianer, wenn nicht du
wenigstens Wochen in des Andern Schuh
ein Stück gelaufen, Sohn.

Aber wer tut das schon!

Der nackte Mensch, geneigt zum Menschen hin,
was allein gibt dem Miteinander Sinn?

Aufmerksamkeit, zwischen uns geteilt –
das ist es, was am Ende wirklich heilt.

(März 2002)

»MAGISCHER SPAZIERGANG«
Saurier, Schwäne und ein stilles Riesenrad

Es gibt einen feuchtfröhlichen Witz: "Frage im Führerscheintest: Was tun Sie, wenn vor Ihnen eine Polizei, eine Feuerwehr und ein Schwan zu sehen sind? – Antwort: Sie sollten Ihren Alkoholkonsum reduzieren und schleunigst vom Kinderkarussell absteigen."

Der Spaß fällt mir jedes Mal ein, wenn ich auf meinem Lieblingsweg am alten Rummelplatz vorbeikomme. Vor zehn Jahren war das noch eine Attraktion der Stadt im Ostteil. Zugegeben, als Spaziergängerin war ich nur halb so begeistert über den Kulturpark wie zum Beispiel meine Kinder. Immer sah ich zu, möglichst vormittags dort entlang zu wandern, denn hatten seine Tore erst einmal geöffnet, war es mit der meditativen Stille, die ich so brauche, vorbei. Dann kreischte und jaulte, pfiff und sirente es links neben meinem Ohr; und es drehte, schleuderte und rumpelte einfach alles, was den Magen umdrehen lässt. An jenem denkwürdigen Wochenende, als ich zum ersten Mal verreiste und die halb-flüggen Sprösslinge allein zu zweit zu Hause ließ, da rief ich abends bei ihnen an, nur, um zu hören, ob alles in Ordnung sei. Im Hörer nur ein Krächzen. Flüsternd verständigten wir uns schließlich, mein Töchterchen und ich. Sie sei acht Stunden lang in jenem "Plänterwald"-Park gewesen und nun stockheiser. Er war schon ein Magnet, dieser Vergnügungsort. Damals, als ich mit den Winzlingen zum ersten

Mal in einem Mini-Karussell auf Autos mit Clowns-
gesichtern hockte, genau wie später, als sie mich nicht
mehr unbedingt dabei haben wollten, und lieber einen
Geldschein entgegen nahmen, um mit ihren Freunden
dorthin zu verschwinden, neuen Ufern und Adrenalin-
kicks entgegen.

   Das ist Vergangenheit. Seit einigen Jahren erobert sich
die Berliner Natur jenes Gelände zurück, und das ist ein
beeindruckender, langsamer und machtvoller Prozess.
Manchmal   kommen   Fotografen   oder   Fernseh-
Kamerateams, um das eigenartig Gespenstische der
Szenerie im Bild festzuhalten. Mein alter Rummelpark ist
auch schon Kulisse für Kultursendungen und Kinofilme
gewesen. Ich will versuchen, zu beschreiben, wie er heute
wirkt. Zwischen Ruinen einer Berg-und-Tal-Rutsche, auf
Resten einer Wiese, steht eine Gruppe Saurier. Ab und zu
liegt einer umgefallen oder umgeworfen dort. Aber sie
richten einander immer wieder auf. Von der einst so
furchteinflößenden Achterbahn ragen nur noch die Stahl-
skelette in den Himmel. Eine kleine Westernstadt kommt
mir bewohnt vor. Von wem oder von was, das kann ich
nicht sagen. Es scheinen Schattenwesen zu sein, denn so
sauber und so intakt sie ihre Holzhäuschen auch halten,
so unsichtbar machen sie sich selbst. Kein Mensch wird
sie jemals zu Gesicht bekommen. Der ehemalige Wasser-
fall ist trocken, die Karussells in sich zusammengestürzt.
Überall verstreut liegen Holzbalken, Eisenteile, Reste von
bunten Mickymäusen oder Sonnenschirmchen. Die weißen Schwäne, in denen man früher Platz nehmen und sich
über künstliche Flüsse schaukeln lassen konnte, schauen

unentschlossen in Richtung der Sauriergruppe, als wüssten diese nicht, was sie hier sollten, und als könnten jene es ihnen nicht sagen. Das Ganze ist ein Mahnmal der Vergänglichkeit – und auch ein bisschen für die deutsche Geschichte, insbesondere die des verträumten Landes. Denn nach der Großen Zeitenwende kam der Vergnügungspark nie mehr wirklich auf die Beine. Am Ende gab sein Betreiber einfach auf, flüchtete bei Nacht und Nebel mit so vielen Fahrgeschäften, wie er auf die Schnelle transportieren konnte, nach Südamerika, und überließ den Platz sich selbst. Aus irgendwelchen Gründen übernahm später nie wieder ein anderer das Areal. Von Zeit zu Zeit flammt ein Gerücht auf – Der-und-der von Da-und-da investiert jetzt ganz bestimmt -, aber es kam nie etwas in Gang. Die einzigen, die im Plänterwald, außer den Schattenwesen in der Westernstadt, noch arbeiten, sind Frühling, Sommer, Herbst und Winter. Und so kann ich zu jeder Tageszeit dort still spazieren gehen; es stört kein Laut mein linkes Ohr, und unaufhaltsam brechen Zäune, wächst Gras über Schienen, Bänke, Budentrümmer; verleibt sich von Jahr zu Jahr ein wenig mehr des menschlichen Zerstreuungsortes mittels Kräutern, Gespinsten, Ranken der Stadtwald ein. Ich bin´s zufrieden.

Was mich allerdings beunruhigt, ist jenes majestätische Riesenrad, das nahezu unversehrt über allem thront. Noch immer ein Wahrzeichen, das man auch aus der City vom Fernsehturm aus erspähen kann, täuscht es ein Fortbestehen vor, wo schon so lange nichts mehr steht. Wenn ich es anschaue, mit seinen überdachten Gondeln, höre ich das Rummelplatzgeräusch. Das Rumpeln, Sirenen, Kreischen, ein verwehtes Gelächter und lustvolles Angstgestöhne. Ächzenden Gestänges kommt das große Rad in Schwung, fünfzig Meter im Durchmesser. Wieder stehen unten Menschen an, um einen Sitz in einer der Gondeln zu erhaschen. Sie nehmen Platz darin, von heimlichem Zittern befallen: "Hoffentlich geht alles gut, die Achsen sind geölt, ich werde mich nach oben drehen, zur besten Aussicht, und danach heil wieder herunter kommen. Hoffentlich bleibt das Rad nicht stehen und ich muss nicht ganz am höchsten Punkt verhungern." Wie in jenem Kinderspiel, wenn der Schwerere die Wippe kraft seines Gewichts mit dickem Hintern unten hält und dem oben so Festgenagelten droht: "Jetzt lasse ich dich verhungern!" Eine alte Kinderangst.

Ist jemand dort oben verhungert? Scheu betrachte ich beim Laufen ein ums andere Mal die alleroberste Gondel, um die schon so lange der Frühlingswind streift, in die die Sommerhitze hinein brennt, in der verwehte Herbstblätter liegen müssen, um die ungeschützt eisige Schneestürme während jeder Weihnachtszeit beißen müssen. Liegt einer darin? Wer sollte das wissen, wer ihn suchen, wer ihn finden? Es könnte dort oben, in fünfzig Meter Höhe, jemand vergessen worden sein. Mich würde es nicht wundern.

Oft, wenn ich dort vorüberstreife; einmal in der Woche mindestens, lenke ich vorsichtig meinen Blick nach dort oben, in die luftige und schaurige Höhe. Sehe ich nicht Finger sich in die Gondelwand krallen? Schiebt sich nicht ein uraltes Gesicht darüber? Blicken mich nicht Augen an, die nichts Menschliches mehr haben? Klar, wenn es überlebt hat dort oben, dann muss es sich verwandelt haben; muss mutiert sein zu etwas Anderem, völlig Neuem, Widerstandsfähigerem als wir es sind. Eine neue Gattung vielleicht? Ein genetisch Interessantes? Oder doch nur Geister, Gespenster, Dämonen? Ich werde es nie erfahren, nur ahnen. Denn gerade wieder ist ein möglicher Investor abgesprungen. Weder das französische Disneyland noch das dänische Tivoli werden unserem Plänterwald neues kapitalistisches Leben einhauchen. Und so werde ich dort weiter meine Stadtstreicherinnen-Bahnen ziehen, meine Künstlerspaziergänge absolvieren, meine Inspirationen, Freunde, den Liebsten und Kollegen treffen; werde ängstliche Blicke in die Höhe schicken, Schattenwesen wahrnehmen und Echos vergangener Geräusche hören. Und vor allem werde ich den Verdacht nicht los werden, dass mitten in den Nächten, wenn ich nicht dort bin, die Schwäne sich in Bewegung setzen, die Mickymäuse losziehen; eine gemeinsame Bewegung hin zum Riesenrad, wo schließlich einer der Saurier auf den roten Knopf drückt, der das vertikale Karussell in Bewegung setzt, damit es zu alter Form anlaufen kann. Und nur die Schwäne, Saurier und die Fabelmäuse allein wissen, was und wer dann zum Vorschein kommt, wenn die alleroberste Gondel aus ihren fünfzig Metern heruntersteigt und zur alleruntersten Gondel wird.

Es ist gut, dass ich nicht alles weiß, dass ich so vieles nur erahnen kann. So bleibt Raum für Unsichtbares, für ein Größeres, Ordnendes – und für eine Dankbarkeit.

Ich laufe also wie so oft meinen Weg, hebe kurz den

Blick und nicke freundlich zurück. Oben aus der Gondel am Riesenrad Plänterwald, Berlin-Treptow, hat mir jemand zugewinkt. Alles in Ordnung, du bist immer noch auf Linie. Geh ruhig weiter und vertraue.

Gehe deinen Weg.

WANDELNDE ZEITBOMBE

Sie war so lange angepasst
und hat sich dafür selbst gehasst.
Denn "everybody´s darling" üben
heißt: Explosion in wilden Schüben.

So traf sie meist die falschen Leut´
und Gott – es tut ihr weh noch heut.
Sie wollte so nie wieder werden,
aber sie ist ein Mensch auf Erden.

Eine Heilige wird sie nicht.
Ihr allzu hartes Selbstgericht
wird liebes-milder schon zuweilen.
Die Unsichtbaren wolln sie heilen.

(April 2002)

»KLÄRUNGSSPAZIERGANG«
Freundschaft

Jemand hat mir seine Freundschaft angeboten, und ich habe sie abgesagt. Darf man sowas? Darf ich das?

Ich habe es ja versucht. Ehrlich! Vor zwei, drei Jahren, als mein alter Schulfreund, vielleicht meine erste oder dritte Große Liebe, sich gemeldet hat: "Du hast gefehlt, beim Klassentreffen!" Ich mag die Klassentreffen nicht. Sie kommen mir vor wie ein Heraufbeschwören von etwas, das es nicht gegeben hat. Wie ein Konservieren nachträglicher Wünsche. Was hätte sein können, wird rückwärts durch die Zeit als vermeintlicher Glanz aufgetragen. Ein kollektives Sich-Belügen. Und das geschah auch mit jenem Hermann, mit dem ich, fünfzehnjährig, scheue Küsse ausgetauscht habe, mehr nicht. Damals hatte ich schon gespürt, dass er etwas wollte, begehrte, auf Thüringer Fichtennadeln im Wald, zu dem ich noch nicht bereit gewesen war. Tagebuchseiten habe ich damit gefüllt. Warum, wieso, wie damit umgehen? Ich suchte Klarheit und verwirrte mich noch mehr in mir. Am Ende gab es einen dramatischen Schlussstrich – so dramatisch, wie er mit 15, 16 Jahren nur sein kann – und kurz darauf eine neue, noch größere Liebe. Wieder füllte ich Tagebuchseiten, diesmal damit, warum der Neue so viel besser zu mir passte als der Verflossene. Sorry, Hermann, aber ich habe höchst genüsslich und in Vergleichen schwelgend über viele Wochen von dir Abschied genommen.

Nun, dreißig Jahre später, kamst du erneut in mein Blickfeld. Die moderne Technik macht es möglich. Es ist sehr einfach, mittels Internet und E-Mail einander auf den jeweils neuesten Stand zu bringen – und niemand muss je etwas davon erfahren. Man kann die Nachrichten sofort nach Absenden löschen, man schreibt vom Arbeitsplatz aus und informiert den Partner nicht. Wo beginnt eigentlich Betrug, wo Ehebruch?

Ich fand mich sauber; ich hatte meinen Liebsten eingeweiht, von Anfang an. Mich schützt auch meine Rolle als Autorin. "Stell dir vor, was für eine spannende Geschichte! Sie haben viele Adoptivkinder, wie Brad und Angelina; vielleicht wird mal ein Buch daraus?!" Ich ließ mir alles erzählen, druckte die Texte aus. Gelebtes Leben, das mir anvertraut wurde, wie gut ich das doch kannte. Also sammeln, abheften, die Beziehung weiter pflegen. Man weiß ja nie, wofür etwas gut ist. Oder wofür man eines Tages vielleicht doch mal einen Freund braucht. Ich halte ihn mir warm. Oder halte ich mir ein Hintertürchen offen?

Ich berichte ihm auch von mir, natürlich. Was seit damals geschah; nicht nur das Schöne, Glamouröse; auch das Verzweifelte, das Leidende; das, was mich schließlich in die Gruppen des offenen Visiers gebracht hat.

Hermann reagiert mitfühlend und von ganzem Herzen.

"Ich habe dir nicht helfen können, als es dir schlecht

ging. Nun aber und bei jedem Künftigen, da werde ich für dich da sein." Ach, wie wohlig solche Angebote – noch dazu in schwachen Stunden. Ich hatte nicht die Kraft, sie gleich im Ansatz abzulehnen.

Der Liebste hat mir oft erklärt, im Grunde sei ich ahnungslos, was ein männliches Inneres angeht. Bin ich das? Oder spiele ich gezielt mit den Möglichkeiten?

Einmal habe ich Hermann getroffen. Anlässlich einer Prüfung in der Häuptlingsstadt, da teilten wir eine Mittagspause miteinander. Neugierig darauf, wie der jeweils Andere wohl nach drei Jahrzehnten aussehen mag. Bevor manches Haar grau werden kann, fällt es lieber gleich ganz aus. Bei ihm ist das Eine eingetreten, bei mir das Andere. Wir tragen es beide mit Fassung und Würde, und wir erforschten gegenseitig unsere Gesichter nach alten Zeichen der Vertrautheit. Ich fand sie bei ihm kaum noch, ob er bei mir, das weiß ich nicht. Was ich mochte, das war sein zugewandtes Interesse. Er hörte mir zu, mir, die sich damals gerade in einem Lebenstrog befand, machtloses Krümelchen in einem Teig, der von gigantischen Rührstäben durch-und-durch geknetet wurde. Nichts blieb an seinem angestammten Platz. Alles sortierte sich noch einmal neu, mein gesamtes Leben. Da konnte ich Freunde gut gebrauchen. Solche wie Hermann, die nur da waren, lauschten und hin und wieder nickten. Je mehr, desto besser. Ich hatte das Gefühl, was in mir vor sich ging, wäre für einen Menschen viel zuviel gewesen. Darum verteilte ich es auf viele Ohren, auf mehrere Schultern. Ich nahm das Freundschaftsangebot meines alten verliebten Kumpels also gerne an. Ich dachte auch nicht weiter darüber nach, ob seine Frau nun Bescheid wisse über unseren neuen Kontakt oder nicht. Einmal hatte ich kurz danach gefragt. "Mach dir darüber keine Gedanken!", stellte Hermann mich ruhig. Es war nicht schwer; ich hatte ohnehin genug mit mir zu tun.

Die Sache floss und tröpfelte dahin, von Computer zu Computer, hin und her. Schon einmal beschlich mich das Gefühl, dies sei eigentlich weiter nichts als ein Funkenspiel. Ich bat um eine Pause – und hielt sie selbst nicht ein. So ging es weiter, E-Mail hin und E-Mail her. Ich redete mir ein, da sei doch nichts dabei. Ja, die Inspiration und die Werbung und die möglichen Buchkäufer. Und einen Freund brauche schließlich jeder.

Ich hatte aber auch schon sagen hören: "Wenn du zu viele Freunde hast, kannst du dich selbst verlieren." Mein Unbehagen jedenfalls wuchs. Sah ich nur Hermanns mail-Adresse in meinem elektronischen Postfach, rollte ein Teil von mir mit den Augen. "Ach, der schon wieder!" Ich versuchte, dem unerwünschten pochenden Gefühl beizukommen, indem ich ihn einfach immer wieder löschte. Antworten, löschen. Als hätte es diese Beziehung nie gegeben. Man kann nicht Menschen aus dem Leben löschen, nur, weil sie nicht mehr im virtuellen Adressbuch stehen! Jedoch, versucht habe ich es immer wieder. Vergeblich. Es gelingt nicht.

Auch nicht bei Hermann. Er mag meine Ehrlichkeit und meinen Mut. Sollte er nicht lieber seinen eigenen Mut, die eigene Ehrlichkeit mögen? Ich will nicht gelobt werden für Eigenschaften, die mir selbst nicht ganz geheuer sind an mir.

Nachdem ich ihn - und mich an ihn - oft genug fluchend entfernt habe, nachdem er mir nun auch schon zum Tag der Verliebten gratuliert und mich eine "liebe Freundin" nennt, muss ich Farbe bekennen. Es hilft nichts. Hier gibt es gar nichts vorzutäuschen; die Wahrheit ist: Ich möchte das so nicht mehr. Es ist mir unbehaglich, Freunde sind für mich andere.

Ich schrieb es ihm, in knappen, klaren Worten, und das war's. Jetzt bleibt das Postfach leer von Hermann. Mir scheint, er hats verstanden. Nur ich wache seitdem jeden Morgen mit ihm auf, mit meinen Gedanken bei ihm und bei mir. Warum musste ich ihn zweimal in einem Leben abweisen? Was ist das für eine Übung? Was will sie mich lehren? Denn eine wichtige Lektion scheint es zu sein, sonst würde sie mich nicht so beuteln. Ich will ihr auf die Schliche kommen, sie verstehen, aber sie entzieht sich, lässt mir Kopfschmerzen zurück.

Eine Liebe ist es nicht, da bin ich mir ganz sicher. Langsam gehe ich spazierend irgendwo durch meine Stadt und sehe dieses Mal keinen Weg, keine Frühlingszeichen um mich herum. Ich sehe tief in mich hinein, an der drohenden Migräne vorbei. Was ist das? Warum kam es auf mich zu?

Ich müsste mich kleiner machen, um dein Freund zu sein. Ich müsste mich hinknien, damit du mir helfen kannst. Aus uns bin ich herausgewachsen, damals schon, mit 16 Jahren. Eine Infusion legen, die von mir zu dir läuft, das ist keine Freundschaft, und das wird auch keine. Wie oft habe ich es derart missverstanden?!

Ich grüße und umarme das junge Mädchen, das ich war. Dessen Tagebücher voll sind von Schweißtröpfchen ihrer suchenden Seele; die Discos liebte und sich seitenlang freute, wieder mit allen Jungs – auch mit den Älteren aus den Abiturjahrgängen – und zwar zu jedem einzelnen gespielten Titel auf der Tanzfläche gewesen zu sein. Die noch so schwache Signale bei Tanzstunden empfängt und aufschreibt, wer wann was zu ihr gesagt, wer sie geküsst, zärtlich berührt, wer sie wie genau angeschaut hat. Sie lebt ja immer noch in mir, die Katrin von damals. Die mit ihrem leicht entflammbaren Herz, die Suchende, die schon ein bisschen auch gefunden hat. Deren Sehnsucht jedoch noch immer nicht erkaltet und erstarrt ist.

Die erwachsene Katrin, liebe 15-, 16jährige Katrin, möchte dir etwas sagen: Ich habe inzwischen herausgefunden, dass es gut tut, sich zu bekennen. Und wenn ich mich einmal zu einem bekannt habe, dann möchte ich ihn, mich und unsere Liebe nicht mehr dadurch schwächen, dass ich ein inniges Vertrauen aufteile. Es stärkt, Freunde zu haben, die sich um einen "inner circle", den innersten Kreis zweier von Liebe Getragener, sanft und fröhlich gruppieren. Aber ein ungefragtes Eindringen stört das Strahlen, trübt die Quelle. Die Engländer haben auch hier wieder den schöneren Ausdruck: Sie sprechen von "close friends", von engen, fast "angeschlossenen" Freunden. Was aussagt, dass es Freunde in allen möglichen Abständen gibt: "close", also dicht dran; gute Freunde, einen Steinwurf entfernt, Freunde, die an der nächsten Straßenecke winken; Freunde, von denen ich lerne, die ich aber nie zu mir ans Feuer laden würde. Den Abstand, und das ist wichtig, bestimme ich selbst. Ich bin nicht auf der Welt, um die Bedürfnisse anderer Menschen zu erfüllen. Ich habe das Recht, mir meine Freunde selbst zu suchen und muss mich nicht davor erschrecken, ihnen mit meiner Absage eventuell weh zu tun. Andere haben ihre eigenen Aufgaben zu erfüllen. Ich bin nicht zuständig dafür, ihnen gute Gefühle zu verschaffen. Weißt du, liebe 15jährige Katrin, dafür habe ich Jahre gebraucht, um das soweit zu verstehen und auch umsetzen zu können. Du brauchst also nicht traurig darüber zu sein, wenn du es noch nicht weißt, kaum über dich bringst, es noch nicht begreifst. Ich bin ja da und stütze dich aus deiner Zukunft, die besser werden wird als alles, was du dir jetzt vorstellen kannst, was du dir zu träumen wagst.

Ich habe meinen closest Freund geheiratet, und etwas Schöneres gibt es nicht. Dazu kommt eine close Freundin, die du jetzt schon kennst, von der du aber erst einmal Abschied nehmen wirst. Keine Sorge, ihr findet euch schon wieder.

Du, schreib auf jeden Fall weiter Tagebuch, tanze, was das Zeug hält und nehme dabei so viele Jungs in den Arm, wie du nur kannst. Und wenn die dunklen Zeiten anbrechen, nimm auch sie an. Ich bin ja da und weiß das eine ganz bestimmt: Du wirst überleben. Dafür sorge ich. Dafür muss kein anderer sorgen.

Mag sein, ich musste Hermann ein zweites Mal aus unserem Leben schicken, um dich, liebe, jugendliche Katrin, zu retten. Mag sein. Dann war es mir das wert. War es uns beiden wert.

BEIM TANZEN

Beim Tanzen spüre ich,
wie dünn
die Haut sein kann
zwischen Frau und Mann.

Ein grummliger Barde und zausliger Ritter
verrät sich im leichten Händegezitter.
Der kühnnasige ungebeugte griechische Held -
wie zart er ist, unter der Schale zur Welt.

Und ich weiß: das seidenfeine Gewebe
würde zerreißen
zerbrechen die Schwebe
wenn sie ihm das Erkennen zeigt.

Die kluge Frau genießt und schweigt.

(März 2002)

»KÜNSTLERSPAZIERGANG«
Das Bild

Meine Freundin Carla ist eine Malerin. So üppig wie die Frau sind ihre Bilder. Prall von Farben, unzähligen Details, übereinander geklebten Materialien. Sie schert sich nicht um Gewinn und Honorar; die Rente macht ihr möglich, was zuvor undenkbar war. Also tut sie nun, wozu sie lustig ist. Frei und kreativ.

Ein ums andere Mal wollte ich mich ihr andienen. "Carla, mei liabs Carlsche, nun lass mich doch. Einmal! Ich möchte dir so gern Modell stehen, sitzen, liegen ..." Es war immer der selbe Blick aus geschlitzten Augen, der mich danach traf. Von oben nach unten und wieder zurück. "Nein, wirklich nicht.", lehnte sie mich ab. "Ich male nur richtige Frauen, an denen auch was dran ist. Nicht solche Heringe wie dich." Carla darf so zu mir sprechen. Ich weiß ja, dass ihr Herz dabei ist, also bin ich nicht verwundet. Allerdings werde ich auch nicht ihr zuliebe ein Rubenssches Weib. Das kann sie voll vergessen! Dann konterfeit sie mich eben nicht.

Mitten im Herbst treffe ich meine Carla, und da erzählt sie mir wie nebenbei: "Du, jetzt versuche ich tatsächlich, dich zu malen. Aber ich kann tun, was ich will, es wird immer deine Mutter." Es ist eine dieser Aussagen, die erst mit einiger Verzögerung zu mir durchdringen. Was? Sie will mich festhalten, und ich verwandle mich per Pinselstrich in Rosalie? Was ist das denn? Ein Streich der Götter – oder Carlas Phantasie?

Um die Weihnachtszeit treffen wir uns zu einem Künstlerspaziergang. Wir haben beide dieses schöne Buch gelesen, in dem Julia Cameron, eine amerikanische inspirierte Seelenschwester, einfache Werkzeuge empfiehlt, die frische Schöpferkraft lostreten. Morgenseiten schreiben, jede Woche ein Künstlerstelldichein erfinden; etwas Ausgefallenes, das lebendig hält; und regelmäßige Spaziergänge, am besten allein. Wir beide gehen heute zu zweit. Es gibt einen neuen Weg in der Häuptlingsstadt, entlang des ehemaligen Berliner-Mauer-Streifens, parallel zur Autobahn. Ich wollte es nicht glauben, dass dort wirklich gut Schlendern ist. Dank hoher Bretterwände und niedriger Mäuerchen hört man die Autos nur als leises Summen. Rechts fließt ein Wässerchen, und es gibt üppiges Grün. Tatsächlich, hier ist es möglich, auszuschreiten, miteinander zu reden, sich wohl zu fühlen, zwischen Skatern und Radfahrern, den Jüngern rasanteren Tempos. Hier, wo wir früher nicht überlebt – geschweige denn überhaupt Zutritt gefunden hätten -, erzählt mir Carla wieder von ihrem neuen Bild.

"Jetzt bist du auch mit drauf", spricht sie, "aber dein Mütterlein lässt sich nicht vertreiben. Ich lasse euch nun beide so. Bald zeige ich es dir. Es wird, glaube ich, richtig schön." Wir gehen und wir lassen im Takt der Schritte unser Gespräch fließen. Es ist unser beider Thema, das alte Mutter-Tochter-Ding. Wenn wir davon anfangen, dann gibt es keinen Anfang und kein Ende. Ich sehe uns als kleinen Bestandteil einer langen Kette aus Müttern und Töchtern, die miteinander, gegeneinander, umeinander ringen. Carla sieht ihre Mutter "Emma, die Walze", wogenden Busens und wackelnden Doppelkinns des

Sonntags in der Kirche Lieder schmettern. "Sie war mir so peinlich, die Emma. Alle schauten zu uns hin, und sie sang nur um so lauter. Ich wusste nicht, wohin ich schauen sollte und verspottete am Ende meine Mama gemeinsam mit meinen Freundinnen. Es tut mir heute so leid, dass ich sie ausgelacht habe. Ich muss ja selbst aufpassen, dass ich nicht "Carla, die Walze" werde." Ich kenne die Geschichte, als Carlas eigene erwachsene Tochter sie angeschrieen und stehen lassen hat. Das war am Flughafen von Sydney, und vor Carla lagen sechsunddreißig einsame Reisestunden.

Wir müssen einander nichts von Müttern und Töchtern erzählen, wir wissen über alle Seiten Bescheid. Wenn Carla also ein Bild malt, von dem meine Mutter sich einfach nicht vertreiben lässt, dann wird sie auch ein Stück von sich auf das Gemälde bannen. Da bin ich mir ganz sicher.

Wir haben einander oft gesagt: "Ach, wäre meine Mutter doch wie du!", und: "Würde meine Tochter so mit mir reden wie du, Katrin." Dabei ist uns beiden klar, dass das so fromme wie unerfüllbare Wünsche sind. Das Kreuz mit Wahlmüttern und - töchtern ist, dass sie sich fein raus fühlen dürfen. Dass sie nie das erfüllen müssen, was man vom eigen Fleisch und Blut erwartet. Dass sie nie so mit Herz, Hirn und Nieren auf dem gestrengen Prüftand stehen wie die eigenen Verwandten. Wir machen uns also etwas vor. Wir wissen es und tun es trotzdem, des gegenseitigen Tröstens wegen. Ich liebe Carlas Humor. Auf einer Wanderbühne, in einer Schar ausgelassener Laienschauspieler, war sie der Clown. Und das bricht sich immer wieder Bahn. Am 11. September 2001, als in New York die Türme des World Trade Centers fielen und wir alle in Panik waren, ob dies der Anfang eines neuen Weltkrieges wäre, da traf ich Carla in einem Meeting des offenen Visiers. Es lief wie immer, friedlich, freundlich, unaufgeregt. "Gott gebe mir die Gelassenheit, Dinge hinzunehmen, die ich nicht ändern kann, den Mut, Dinge zu ändern, die ich ändern kann, und die Weisheit, das eine vom anderen zu unterscheiden." Was wir nicht ändern konnten, war die drohende Gefahr. Wir, alle selbst Überlebende unserer persönlichen Kriege, sahen zwar, was geschah, sprachen aber über unser neues, waches Leben. Anschließend lief ich mit Carla zur S-Bahn. Kurz vorm Verabschieden sagte sie: "Jetzt kaufe ich mir dort vorn am Kiosk ein ganzes Brathähnchen.

Das verputze ich zu Hause sehr genüßlich, und egal, was passiert; nachher kann es mir keiner mehr nehmen."

Dinge ändern, die ich ändern kann.

Zwei Tage vorm Fest zeigt mir Carla das Bild. Es heißt "mother and child reunion is only a question of time". Die Wiedervereinigung von Mutter und Kind ist nur eine Frage der Zeit. Carla weiß natürlich Bescheid über die Funkstille, die schon seit einigen Jahren zwischen mir und Rosalie herrscht. Ich betrachte das Bild, und mir stockt der Atem.

Eine Explosion von Farben. Gold, rot, blau, gelb. Blüten, Ranken, verschlungene Muster; Bücher, eine Schreibmaschine, Engelsflügel. Und diese beiden so vertrauten Köpfe. Erstaunlich fotografisch: Das Gesicht meiner Mutter, wie meines im Profil. Ich ein Stückchen darunter. Literatur fliegt von mir zu ihr. Sie scheint in eines meiner Werke versunken.

Deutlicher als auf diesem Gemälde kann man nicht sagen, dass wir einander ähneln und doch zwei sehr verschiedene, voneinander getrennte, aber bei alledem auch eng verbundene Frauen sind. Die Kunst verbindet uns. Und noch viel mehr? Wir sehen so einträchtig aus in dieser Darstellung. Carlas Bild scheint etwas vorwegzunehmen, das im Leben erst bewiesen, nachvollzogen werden muss. Hoffentlich schaffen wir das.

Mütter sind so wohlfeile Sündenböcke. Für jeden Defekt und alle Lebensverwerfungen sollen sie zuständig sein. Ich stehe mitten in einer langen Menschenkette, Weiberkette, bin ein winziges Glied davon. Möchte ich, dass meine Tochter mich beschuldigt? Was für eine Mutter versuche ich, zu sein?

Ich denke an Rosalie, lasse Bilder aufsteigen. Ihre weichen Schneewittchenhaare auf dem Kopfkissen neben mir, wenn wir noch ein wenig im Bett blieben und die Abenteuer der kleinen Ameise Ferdinand lasen. Das Buch roch frisch gedruckt. Für meine Nase ein herrlicher Geruch, einer der schönsten überhaupt. Und zusammen mit Rosalies Shampoo mein kindlicher Himmel auf Erden.

Sie hat mir eigenhändig mein erstes Hochzeitskleid genäht. Wie schwierig es gewesen sein muss, im verträumten Land weißen Seidenjersey zu bekommen – und echte

Plauener Spitze. "Die habe ich selbst geklöppelt!", erklärte stolz mein Ziehvater beim Hochzeitsfest, neben mir, der Braut, sitzend.

Damals habe ich nicht verstanden, wieso sie weinte, als sie mir beim Umzug in die große Stadt half. Ich war doch nicht aus der Welt. Aber sie ahnte schon, was ich noch nicht erkennen konnte: Aus ihrer Welt war ich schon. Ich hatte unsere gemeinsame Welt für immer verlassen. Ein Sprung, ein Riss, den wir erst jetzt wieder versuchen, zu kitten.

Wenn ich an meine Mutter denke, sehe ich sie vor einem Supermarktregal stehen, ihr erstes im Westen. Diese Fülle von exotischem Obst und Gemüse, das sie teilweise noch nie gesehen hatte; dessen Namen und Geschmack sie nicht kannte, überwältigte sie. Unter Tränen schluchzte sie, so etwas habe sie ihren Kindern auch gern geben wollen. Solche Vitamine.

Ich sehe sie in der marokkanischen Wüste stehen, klein und aufgehoben. Seitdem lässt sie das Globetrotten nicht wieder los.

Und vor allem sehe ich sie malen. Schlapphut, Baumwollbluse, auf irgend einer Klippe am Meer in Bella Italia. Sie malt und malt, obwohl sie nicht an ihre Fähigkeiten glauben will. Dann malt sie eben nur für sich und für die engsten Verwandten. Für mich. Überall in meiner Wohnung hängen ihre Motive; Feldwege, von südlicher Sonne bestrahlt, holperige Gässchen, von denen man nicht weiß, wo sie enden. Weiß getünchte Fassaden in malerischen Landschaften. Nur ein Wüstenbild, das habe ich noch nicht. Rosalies Marokko-Zeit fällt schon in unsere Funkstille.

Es ist Weihnachten. Ich bitte den Liebsten, das Bild "mother and child reunion is only a question of time" zweimal in Farbe auszudrucken. Zwei Rahmen finde ich. Das eine Exemplar hänge ich über meinen Schreibtisch, das andere verpacke ich als Geschenk. Frohe Feiertage, liebe Rosalie. Und fürs nächste Jahr einen Hoffnungsschimmer.

LEBENSLAUF

Die Götter schaun zur Clara hin
und planen sie als Malerin.
Da meldet eine Seele sich,
macht durch die Rechnung einen Strich.

Marie mit dickem Speckpopo
hockt sich ins Leben, einfach so.
Was soll die junge Clara machen?
Für lange kann sie nicht mehr lachen.

Erst fliegt sie wegen Unmoral
aus der ehrwürd'gen Schule Gral.
Dann lernt sie einen Brotberuf –
indes der Geist der Kunst sie schuf.

Den Rest will ich so stehen lassen,
ich kann ihn nicht zusammenfassen.
Nur soviel: Clara, reich an Jahren,
darf mindestens zwei Ding' erfahren:

Es hängt lebend nicht ab von Zahlen;
soll es so sein, dann muss man malen.
Und: Manchmal können Jahre vergehn,
bis Mutter und Tochter sich wirklich verstehn.

(November 2002)

»ABENDSPAZIERGANG«
Die Friedhofsrunde

Wann immer es möglich ist, drehen der Liebste und ich des Abends unsere Runde. Einmal um den ganzen Friedhof herum, dann einen kleinen Schlenker – fast bis zu unserem Kiez-Postamt -, aber nur angetäuscht. Denn kurz davor biegen wir ab, in eine kleine, stille Straße, fügen noch einen Bogen hinzu, enden am schönsten Baum unserer Gegend, mit dem man sprechen kann, und kehren schließlich nach einer Stunde wieder zu unserem Haus zurück. Leer geredet, neu verbunden, in Vorfreude auf ein Feuerchen und einen Tee. Fehlt dieser Spaziergang, ist der Tag nicht richtig abgeschlossen. Irgendwie schaffen wir es immer, doch noch zu laufen, sei es auch schon mitten in der Nacht. Einer von uns beiden überwindet ihn doch, den inneren Sofa-Schweinehund, der sich viel lieber zusammenrollen und warm einpacken will.

Ich kann nicht ermessen, wieviel Gutes dieses regelmäßige Miteinander-Gehen, Hand in Hand, bei jedem Wetter, schon für unsere Liebe tat. Nach getrennten Arbeiten, Abläufen bewegen wir uns wieder aufeinander zu, streifen die vergangenen Stunden plaudernd ab; finden manchmal in den selben Takt, manchmal auch nicht. Aber es gibt keinen Knoten, der sich auf der Friedhofsrunde nicht gelöst hätte; oft ist sie so schnell vorbei, dass ich gar nicht glauben kann: "Huch! Haben wir wirklich schon wieder die ganze Strecke zurückgelegt?!"

Ich liebe meinen besten Freund, den Liebsten, wie mich

selbst und möchte unser Seite-an-Seite-Gehen nicht missen. "Komm, lass uns noch mal am Baum vorbei gehen", bittet er oft. Der Baum ist eine Eiche, die mit oder ohne Blätter gleich majestätisch aussieht. Ich weiß, der Liebste wendet sich insgeheim an diesen Vertreter der Unsichtbaren auf Erden. Ich wage es nicht, nachzufragen, worum es dabei geht; was er die Eiche fragt und was sie antwortet. Es geht mich nichts an, und es würde sicherlich entzaubert, erklänge es auf für menschliche Ohren hörbare Weise. Das spüre ich genau. Also lausche ich schweigend und ertappe mich inzwischen selbst dabei, dass ich unserem Baum danke, ein Problem antrage oder eine Verwirrnis anheim gebe. Ich habe seine Rinde auch schon umarmt, sehr zum Erstaunen der Anwohner, die mich wohl hinter ihren Gardinen beäugten. Das war damals, als der Liebste auf die andere Seite der Weltkugel gereist war, dort für Wochen Dienst tat, und ich meiner Sehnsucht nicht anders Herrin wurde, als meine Arme wenigstens bis zur Hälfte um den mächtigen Stamm zu schlingen. Mich an die Eiche tröstlich anzulehnen. Jeder von uns beiden würde sie mit dem Körper verteidigen gegen jegliche Säge oder scheinbar vernünftiges Argument. Die dicken Zweige laden direkt ein zum Besetzen. Und würde er, der Liebste, mal vor mir gehen, ich meine: für immer; ich würde ihn hier suchen, bei unserem Baum.

Gestern Abend hatten wir wieder etwas zu bereden.

Wir kamen von einer Lesung im Kiez, in der früheren REWATEX (Reinigung-Waschen-Textilien)-Annahmestelle, die nun Kulturell-Stärkendem vorbehalten ist. Ich selbst war auch schon dort, mit meinen Büchern. Nun kam sie, die zauberhafte und bekannte Schauspielerin aus dem verträumten

Land, die sich auch nach der Großen Zeitenwende durchgesetzt hat, und die im letzten Jahr ihre Biografie veröffentlichte. Sie ist eine dieser unglaublichen Siebzigjährigen, die sich mädchenhafte Anmut bewahren konnten; in der das Kind, die Jugendliche und die reife Frau lebendig sind. Eine Mischung, aus der weibliche Weisheit gemacht ist. Schon, sie zu sehen, ist ein Gewinn.

Auf der Schwelle zum Lesungsraum spüre ich einen Anflug alter Neidgefühle. Wie oft habe ich als Journalistin solche Abende besucht, insgeheim glühend vor Eifersucht auf die Rolle des jeweils anderen. So wollte ich ja auch sein, so leben, mich das trauen; dieses Künstlerische, Freie, Inspirierte – und dies Leuchtende. Aber ich wusste noch nicht, dass es ganz allein bei mir liegt. Dass ich nicht darauf warten muss, bis mich jemand entdeckt, bis einer kommt und meine Bestimmung erkennt. Das nimmt mir keiner ab. Ich habe Jahre gebraucht, bis ich da hin kam, dass ich es bin, ich ganz allein, die sich entscheiden; die eigene Aufgabe erkennen und dann auch tun muss.

Vielleicht darum vergeht das Echo alter Neidgefühle rasch wieder. Jetzt brauche ich ja niemandem mehr etwas zu missgönnen. Ich bin da, wo ich sein möchte. Ich arbeite so, wie ich es will. Offener Fasern setzte ich mich neben meinen Liebsten in die erste Reihe. Ich bin bereit für jede noch so kleine Eingebung. Mitten in einem neuen Schreiben sauge ich alles auf, kann der nächste Ideenfunke auch in einem Fußballkommentar enthalten sein. Erst recht also hier, wo eine Kreative aufrichtig von sich erzählt. Sie ist eine derjenigen, die als Prominente mitten in Ereignisse geriet. Damals, als Künstler im verträumten

Land persönliche Entscheidungen trafen: Bleiben sie hier oder gehen sie fort. "Machen sie nach drüben", aus Protest gegen allzu große Enge, Borniertheit, Rechthaberei. Damals waren sie Geächtete, heute ist es von Vorteil, eine Flucht in seinem Lebenslauf aufweisen zu können. "Pass auf, Mädchen, wenn es einmal anders rum kommt!", sagten schon meine Oma und viele alte Leute, von denen manche vorsichtshalber mehrere Staatsflaggen im Kleiderschrank aufbewahren. Man kann ja nie wissen! Wenn es einmal andersherum kommt. Nun ist es tatsächlich "andersherum" gekommen für eine wie Annekathrin, die damals nicht ausgereist oder fortgeblieben ist; eine derjenigen, die – wie ich - bis zuletzt die Hoffnung hatten, es könnte etwas Gutes werden aus den Wurzeln des verträumten Landes. Es könnte vielleicht eine Haut abwerfen, sich aus Altem, Muffigen herausschälen und ganz frisch erfunden werden. Wir Naiven! Und haben nun einen Makel in unseren Memoiren, weil etwas ja nicht ganz in Ordnung sein kann mit denjenigen, die einfach an Ort und Stelle geblieben sind. Dies Denken in Extremen. Dieses nicht unterscheiden können. Man gilt entweder als Ewiggestriger, als "Rote Socke" oder als Protestler. Dazwischen gibt es offenbar nichts. Aber so ist doch das Leben nicht! Es lässt sich nicht in Schubladen pressen, Etiketten aufkleben, strikt zusammenschnüren. Es gibt gedankliche Sicherheit, es so immer wieder zu versuchen. Aber es nützt ja nichts. Auch mit der Literatur unserer Tage geschieht ein Ähnliches. Versuchen Sie mal, sich einem Verlag anzudienen. Dann sollten Sie zuerst erklären können, welches Regal in der Buchhandlung Sie im Sinn haben: Sachbuch, Esoterik, Fleischeslust oder Politik. Zwischen allen Stühlen schreibend und nicht regelmäßig auf dem Fernsehschirm aufzutauchen, das ist schieres Kassengift. Leben findet aber zwischen allen Stühlen statt. Es pfeift auf Kategorien, Einteilungen und Sparten. "Ihr Manuskript bietet doch hoffentlich einen Blick durchs Schlüsselloch?!", war die erste Frage letztes Jahr, als ich mich bei einem großen Verlagshaus vorstellte. Als ich dort schließlich abgelehnt wurde mit dem enttäuschten Satz: "Aber da ist ja gar kein Promi drin, in Ihrem Buch."

Zurück zu Annekathrin. Sie ist ein Promi, und ich bin auf sie nicht neidisch. Mein Buch vom letzten Jahr ist erschienen, ich habe es auf eigene Kosten herausgebracht. Das würde ich immer wieder so machen. Lieber kein Auto fahren, dafür die Anschubfinanzierung auftreiben für meine Literatur, irgendwie. Etwas fällt mir schon ein. Zum Glück gibt es heute diese Möglichkeit; im verträumten Land gab es sie nicht.

Annekathrin liest, erzählt von sich, und ich lasse mich tief berühren. Als sie mit dem Brief an ihren Papa endet, müssen meine Wangen schwimmen lernen. Ohne mich anzusehen, fasst der Liebste meine Hand. Er weiß ja Bescheid. Er war dabei, hautnah, als ich meine Vatergeschichte erlebte, noch gar nicht so lange her.

Wir applaudieren, die Schauspielerin verbeugt sich fröhlich. Sie ist jetzt wieder das kleine Mädchen in ihrem Vergnügen über den schönen Abend. Ein Künstler spürt, wenn der Funke übersprang. Natürlich steht sie noch für Autogramme, Buchverkäufe und Signieren zur Verfügung. Kleiner und verletzlicher wirkt sie nun, wo sie auf

einem Holzstuhl Platz nimmt und am Sprelacardtisch –
heute sagt man "Resopal" zum selben Möbel-Material -
Unterschriften und persönliche Widmungen schreibt. Sie
werde nur in den Ostteil der Stadt, des Landes, ein-
geladen zu Lesungen, erzählt sie gerade. Obwohl sie ge-
samtdeutsch auf Bildschirmen zu sehen ist, mag man sie
doch nicht haben über der Grenze. Ganz anders als ihre
Kollegin, mit der sie immer verglichen wird. Die ist damals abgehauen, und darum darf sie heute überall auf-
treten. Schon seltsam. Schon seltsam.

Sie redet, schreibt, hört zu. Auf einmal springt die Tür
der alten REWATEX-Baracke auf, ein hochroter, hoch
gewachsener Mann im strengen Anzug stürmt herein.
"Wer steht auf meinem Parkplatz?", schreit er wütend
und außer sich. Alle Appelle, sich doch bitte zu beruhigen, hier sei eine Signierstunde nach einer Buchlesung im
Gange, und es handele sich um Annekathrin, die er
sicherlich auch aus Film und Fernsehen kenne; alle diese
Rufe an den gesunden Menschenverstand, sie verhallen
ungehört. Sie kommen nicht an. "Es ist mir doch scheiß-
egal, wer das ist!", brüllt noch lauter der Mann. "Das geht
um meinen reservierten Mieterparkplatz. Da hat sich keiner drauf zu stellen!!" Er pocht nicht auf sein Recht; er
hackt und wütet darauf. Ich habe Angst, er wird vielleicht
gleich um sich schlagen. Betont ruhig steht Annekathrin
auf, holt ihren Autoschlüssel, legt sich ein wärmendes
Tuch um die Schultern. Ihr "Tut mir leid, das habe ich
nicht gewusst ..." geht im Lärmen, in der Raserei jenes
Mannes unter.

Betroffen bleiben wir Restlichen zurück. "Und das war

nun ein Ossi, kein Wessi, der sich so aufführt ...",
murmelt der Liebste.

In Gedanken wünsche ich Annekathrin sehr, so sehr,
dass dies nicht den Abend für sie trüben konnte. Und ich
weiß aus eigener Erfahrung doch: In den Kleidern wird es
ihr nicht hängen bleiben. Das geht tiefer.

KEIN MODEL

Mich fallenlassen und anvertraun
das ist viel schwerer als wachsam schaun.
Der Fotograf lockt; will ergründen, verstehn,
doch was ich nicht gebe, das kann er nicht sehn.

Eröffnet die Schau nun ohne mein Bild.
Ein Saxophon gebärdet sich wild.
Der Musiker tanzt durch die automatische Tür –
was alle ärgert, damit spielt er hier.

Den Geliebten im Rücken, ich in seinem Arm,
er fängt an zu flüstern, leise und warm:
"Pass auf, meine Liebste, wir sind die Nächsten schon –
eine zweisame künstlerische Installation!"

(März 2002)

»VATERSPAZIERGANG«
Der Weg an der Spree

Auf so einen Tag kann einen nichts und niemand vorbereiten. Für die Nachbarn und die Passanten ist es ein ganz normaler Freitag. Sie tragen Einkäufe, sprechen in ihre Handtelefone, zupfen Balkonblümchen in Form, lauschen den Klängen aus eingestöpselten Kopfhörern. Kein Mensch wird aufgeschaut, innegehalten, ergriffen beobachtet haben, was da geschah. Warum auch! Es scheint reichlich unspektakulär zu sein. Eine Frau tritt aus der Haustür, wendet sich nach links und sieht einen Mann auf sich zu kommen, nur wenig größer als sie selbst, die gleiche Haarfarbe, mit einer Sonnenblume in der Hand. Langsam läuft der Mann, und jetzt noch ein wenig langsamer, als er die Frau da stehen sieht, im Eingang. Nichts Besonderes für all die anderen. Aber für diese beiden, Mann und Frau, verändert es ihr ganzes Leben.

So viele wichtige Ereignisse, Gespräche, Nachdenkpausen in meinem Leben finden, fanden spazierend statt. Es gibt nichts, was ich im Gehen nicht lösen kann. Und ich glaube, da wiederhole ich mich jetzt. Aber jener schlichte Freitag im August, vormittags um zehn Uhr, als dieser Sonnenblumenmann auf mich zuzögerte, das war ganz sicher einer der unvergesslichsten, entscheidendsten Spaziergänge in meinem Leben. Ich bin froh, dass er genau so gern zu Fuß geht wie ich. Mein Vater. Ich war 44 und er 64, an jenem Vormittag, als wir einander kennen lernten.

"Was zieht man denn so an, als Vater?", hatte er am

Vorabend mit Blick auf den offenen Kleiderschrank seine Frau gefragt. Die Entscheidung war auf ein Campinghemd gefallen, leicht und locker, kurze Ärmel, und auf eine dunkelgrüne Cordjeans. Wanderschuhe für den Sommertag. Ein elastischer Mann, dem man ansah, dass er Bewegung gewohnt ist; dass er seinen Platz im Leben kennt. Lächelnd gehe ich auf ihn zu, stelle mich ihm unnützerweise vor. Er wird sich schon denken können, wer ich bin. So viele kleine Frauen werden heute nicht mit ihm verabredet sein. Und schon gar keine, die ihm wie aus dem Gesicht geschnitten sind. "Das ist aber schon sehr deutlich sichtbar, dass ich von dir abstamme!", ist mein erster Satz an ihn. Wir haben das "Du" am Telefon verabredet, mit dem Ausweg, wir können ja beide wieder zum "Sie" zurück kehren, wenn es nicht funktioniert. Wenn wir uns nicht mögen, nicht die selbe Sprache sprechen; wenn der Funke nicht überspringen will.

Aber ich sehe es sofort, im ersten Bruchteil unserer ersten Sekunde. Das Meckie-hafte in meinen Zügen, das ich sonst nirgendwo in Verwandten-Antlitzen wiedererkannt hatte. Sie gibt uns etwas Keckes, Spitzzulaufendes, Verwegenes, diese untere Gesichtshälfte, die uns beiden gemein ist. Ich blicke wie in einen Spiegel. Und selbst die Augenpartie ist beinahe meine. Die Farbe, grünbraun. Nun weiß ich, dass laut Vererbungslehre nicht grün und blau mein dunkelbraun ergibt, sondern grün und ein dunkleres Grün. Was haben sie mir nur erzählt!

Er ist sich nicht so sicher wie ich mir. Er bleibt ein wenig distanziert. Ich sei "eher eine Frau zum Hinterherschauen", sagt er mir. Ob eine Tochter, das wisse er nicht. Noch nicht.

Jetzt bin ich verwirrt. Was ist dann dieser Tag? Ein Flirt? Ein Kennenlernen? Etwas, vor dem ich mich lieber hüten sollte? Dabei sehe ich es doch, ich sehe es so genau, dass ich diesem gleiche und nicht jenem, dem ich angeblich abstammen sollte. Eine Mär, die sich über vierzig Jahre hielt, und an der ich keinen Augenblick gezweifelt hatte.

Ich beschließe, den Stich hinzunehmen und diesen Tag trotzdem zu genießen. Mich retten meine Selbstbeherrschung und mein antrainierter professioneller Charme. Ich bleibe standhaft, zeige diesem fremden Vater meinen Lieblingsweg an der Spree. Und er mag ihn. Die Sonne scheint, das Wasser plätschert; ich tue so, als würde ich jeden Tag einen Vater treffen. Tapfer führe ich ein Gespräch, beachte nicht, was mein Herz dazu zu sagen hat. Darum werde ich mich später kümmern. Wenn ich wieder für mich bin.

Der Mann gefällt mir. Immer wieder sehe ich ihn von der Seite an. Wir laufen im gleichen Schritt, wir sprechen die selbe Sprache. Ich muss nichts sein, was ich nicht bin. Irgendwie schwingen wir auf der selben Wellenlänge. Es tut gut, neben ihm zu gehen. Die Kleine in mir möchte los plärren, ganz laut und hemmungslos, sich an seine Brust werfen und schluchzen: "Papa! So einen Papa wie dich habe ich mir immer gewünscht. Wie sehr hätte ich dich gebraucht!" Aber die erwachsene Frau bleibt gesammelt. Wie einen x-beliebigen Interviewtermin absolviert sie dies. Würdevoll, schlendernd, kommunizierend. Um ihre kleine Innenschwester wird sie sich heute Abend kümmern. Jetzt geht es um Informationen. Um ein Ausloten der Möglichkeiten. Um ein zaghaftes, erstes Vorfühlen, Herantasten. Schon das braucht alle Kraft. Aber das weiß ich im Moment noch gar nicht. Jetzt er-lebe ich es zuerst einmal.

Plötzlich fliegt mir irgend etwas ins Auge. Zusammenzuckend fasse ich mit der Hand hin, bleibe stehen. "Aua, was war das?!", jammere ich. Er steht nun auch, nimmt meine Hand fort, hält den Zipfel eines großen Herrentaschentuchs in seiner Rechten. Vorsichtig und geübt, denn von Beruf ist er Krankenbruder, tupft er mir das vorwitzige Insekt von meiner Netzhaut. "So, geschafft", streichelt er kurz und tröstend über meine Wange. Oh je, da ist er wieder, dieser Drang, kindlich und ohne Schutz mich anzuschmiegen. Ich habe nicht sehr viel Übung darin. Kuscheliges zwischen Tochter und Vater ist mir fremd und unvertraut. Ich widerstehe.

Wir erreichen das Restaurantschiff im Hafen.

Wir kehren dort fürs Mittagessen ein. Es ist so warm, dass wir an Deck unter einem Sonnenschirm sitzen können. Direkt gegenüber, ein stiller, selbstsicherer Mann, habe ich ihn noch viel lieber. Auf unmerkliche Weise behandelt er mich wie eine Lady. Aufs Schiff ist er voran gegangen, hat mir den Stuhl zurecht gerückt, die Speisekarte hin gelegt. Er weiß, worauf es ankommt, und es tut mir gut. Insgeheim verleihe ich ihm jetzt schon meinen höchsten Titel, "Gentleman des Tages". Da ist er soweit, hat die Karte studiert und seine Wahl getroffen. "Wollen wir zusammen einen Rotwein trinken?", fragt er grünen Auges über den Rand seiner Lesebrille hinweg. Ich hole tief Luft. "Nein, danke, ich trinke keinen Alkohol.", sage ich knapp und unmissverständlich, wie ich es gelernt, geübt habe. Doch auch das ist nur die Oberfläche. "Was wird er jetzt denken? Was hält er nun von mir? Wenn er Eins und Eins zusammenzählt, noch dazu bei seinem Beruf, mag er mich dann noch leiden?" Ich kenne das zur Genüge. Meine zähen Freundinnen Scham und Schuld melden sich immer dann, wenn ich besonders verletzlich bin; wenn ich sie wirklich am allerwenigsten gebrauchen kann. "Hallo, ihr ungebetenen, alten Mädels, könnt ihr mich nicht wenigstens heute mal in Ruhe lassen? An so einem Tag, ich bitte euch ... !" Aber sie stellen sich ein, wann sie wollen – und nicht, wann ich sie rufe. Und so schaue ich auf, so gefestigt ich kann. Mein neuer, fremder Vater fragt nicht nach. Gentleman, der er ist. Er nimmt es hin, bestellt sich selbst einen Schoppen Chianti, und das Thema ist für heute vom Tisch. Schon an unserem zweiten Tag wird er aber fragen, er hat es sich gemerkt. Und ich werde antworten. Ab da wird auch er nie wieder Prozentiges bestellen, wenn wir miteinander Zeit verbringen. Ich habe ihn nicht darum gebeten.

Ich wollte nur einen Blick auf mein Y-Chromosom werfen; bloß mal einen Kaffee mit ihm trinken. Mehr nicht. So hatte ich mich vor diesem Tag reden hören. Nun will ich mehr, sehr viel mehr. Ich weiß es jetzt schon. Ich brauche ganz dringend etwas von ihm. Dass er mich toll findet, dass er meinen töchterlichen Rücken stärkt, dass er mich lieb hat. "Auch, wenn es sich herausstellen sollte, dass du doch nicht meine Tochter bist", sagt er da, "würde ich unseren Kontakt gerne halten." Das ist eine halb-erfreuliche Nachricht. Offenbar mag er unseren heißen Draht ähnlich wie ich. Wenn der aber nicht auf Verwandtschaft beruhen sollte, wäre ich in echten Schwierigkeiten! Halbgewalkte Verhältnisse kann ich mir nicht leisten. Solcherart Gefühlsverwirrungen stören mein Gleichgewicht. Ganz zu schweigen davon, was der Liebste dazu sagen würde. "Soweit kommt´s noch!", sagt er später, klipp und klar.

Stundenlang reden wir über alles, der Vater und ich. Über seine Gründe, fortzugehen von Rosalie, als die beiden noch keine zwanzig waren. Über seine Gründe, sich nicht zu melden, obwohl er regelmäßig für mich gezahlt hatte. Über seine Gründe, immer noch zu zweifeln. Wir beschließen Klärung – und ein halbes Jahr später haben wir Klarheit. Nun können beide Herzen aufgehen; nun steht keine Barriere mehr im Weg.

Aber ich greife vor. Wir sind ja immer noch an jenem ersten Tag. Ich denke, dass dies ein Romananfang sein muss, der Beginn einer großen Familiensaga. Wer Autorin ist und so etwas am eigenen Leibe erlebt, muss der nicht unverzüglich darüber schreiben? Bin ich nicht beinahe verpflichtet dazu, um all der künftigen Leser und Leserinnen in Not willen, schon allein? Ich frage meinen Vater, was er davon halten würde, und er lacht, sicher und frei. "Aber klar. Da stehen wir doch drüber!" Wir ist gut. Er vielleicht, ich – wie sich zeigen soll – nicht.

Ich habe noch keine Ahnung davon, was es heißt, dass sich die eigene Seele nicht überholen läßt. Es ist unmöglich, eine solche Neugeburt zu durchleben und sie gleichzeitig zu Literarischem zu verarbeiten. Unter den vielen Dingen, die ich in diesem Prozess lerne, ist eines der wichtigsten: Geduld. Ich muss geduldig sein mit mir selbst. Es tauchen ständig widersprüchliche Empfindungen auf. In mir trage ich ein loyales kleines Kind, das es noch immer seiner Mutti recht machen will, das sich wie ein Verräter fühlt, nur wegen dieser Vatersuche und dieses Kennenlern-Tages. Andererseits ist da die mutige, erwachsene Frau, die alles wissen will; die ihren Weg entschlossen geht. Ich falle immer wieder hin und her zwischen den beiden, bin oft genug verwirrt. Daraus entsteht jetzt noch kein Buch. Ich werde es zwar versuchen; der Entwurf ist hundertsiebenundfünfzig Seiten dick; aber am Ende muss ich doch kapitulieren. Es braucht so lange, wie es braucht. Es dauert, wie es dauert. Und ich bin machtlos, muss vor der Entwicklung kapitulieren. Ich habe es nicht in der Hand, kann nichts beschleunigen, es sei denn, um den Preis der eigenen Gesundheit willen. Und das möchte ich nicht. Aber mein Stoff ruht nur, er ist nicht aufgegeben. Und wenn er mein Alterswerk werden wird.

Wir gehen langsam Seite an Seite zurück, ab und zu berühren sich wie zur Probe unsere Fingerspitzen. Die Sonne sinkt schon, es ist Nachmittag geworden. Jetzt sind wir beim Smalltalk angelangt. Meine Stadt, seine Stadt, das verträumte Land, die Große Zeitenwende. Das Wasser der Spree, die frei laufenden Hunde auf meinem Spazierweg – "wenn da mal was passiert, gibt es hier weit und breit keine Hilfe!", spricht der väterliche Krankenbruder meine Alltagsängste aus –, die Sommerhitze. Er ärgert sich, dass er nicht seine Sandalen angezogen hat. Die liegen gut im Kofferraum. Ich weiß gar nicht, ob meine Füße oder sonst ein Körperteil schwitzen. Wie immer, wenn ich aufgeregt bin, habe ich meinen Kontakt zu Körperfunktionen ausgeschaltet. Das kenne ich von Lesungen, Interviews, Moderationen. Wenn Adrenalin, dann weder Schmerz noch Drang. Dann bin ich ganz Kopf und völlig Konzentration. Ich blende alles aus – verschiebe es auf später.

Wir trinken noch einen Pott Kaffee miteinander, an meinem Küchentisch. Ob es für mich in Ordnung sei, wenn er sich jetzt erst einmal wieder auf den Heimweg mache? Natürlich, stimme ich ihm zu. Ich weiß ja, er hat mindestens dreieinhalb Stunden Autobahn vor sich, falls staufrei. Ich bringe ihn noch zu seinem Wagen, wir drücken uns zum Abschied. Ich winke standhaft, während die Kleine in mir vorwurfsvoll ihr provisorisches Heftpflaster abreißt. Nun liegt die Wunde wieder offen. Ich merke jetzt erst, wo er weg ist, wie kaputt ich bin. Müde schleppe ich mich in mein Haus zurück, falle in einen Sessel. Jetzt könnte ich nicht einmal mehr erzählen, so erschöpft fühle ich mich. Irgendwie gelange ich an diesem Abend wie immer in mein Meeting des Offenen Visiers. Dort wird mir nur das eine klar: Es ist menschenunmöglich, mehr als vierzig Jahre in acht Stunden nachzuholen. Trotzdem gut, dass wir einen Anfang machen. Dass wir etwas versuchen. Wie mag es ihm jetzt gehen?

Viel später wird er mir berichten, dass er, der sonst Unfallfreie, sich unterwegs an einer Baustelle den Seitenspiegel abgefahren hat. "Da muss ich wohl an dich gedacht haben." Da war er in Gedanken bei mir.

Das will ich öfter haben, denke ich.

Ein Puzzleteilchen in mir rückt an seine Stelle. Ich hatte gar nicht recht gewusst, dass es mir noch gefehlt hatte. Dass da ein gähnendes leeres Loch, ein "empty place" gewesen war.

VATER

Welches Theater
um den Vater.

Groß und stark soll er sein
Niemals müde und klein.

Kuscheltier für ein Kind,
gegen Lausjungen blind.

Übungs-Dummie für Töchter,
und zwar ein Weiser, allzeit Gerechter.

Großzügig, hilfreich, edel und gut.
Wenn´s gewünscht wird, ganz weich.
Wenn´s gewünscht wird, voll Mut.

Kurz: lasst uns erheben ein Kännchen!
Vater – ein Job für den Übermenschen.

(September 2002)

»GLEICHGEWICHTSSPAZIERGANG«
Auf schwankenden Planken

Wie stark sind wir doch mit unseren erwachsenen Kindern verbunden, auch, wenn wir es kaum noch bemerken, wenn jeder von uns in seinem eigenen Alltag versunken ist.

Seit einigen Tagen trägt mich meine Welt nicht mehr. Ich stolpere hin und wieder, muss mich manchmal festhalten, wenn ich zu schnell aufgestanden bin, meine Augen dem wellenförmigen Horizont anpassen, den Magen überzeugen, nach einer Fahrstuhlfahrt im Erdgeschoss bitte, bitte zu verharren. Trotz Yoga knackt mein Nacken wieder wie eh und je, trage ich eine Last auf meinen Schultern, kenne ich mich plötzlich nicht mehr aus in meinem Körper-Koordinatensystem. Offenbar muss hier etwas neu justiert werden, und ich weiß noch nicht genau, was eigentlich.

Da lese ich im Internet-Tagebuch meiner Tochter. Für sie geht dieser Tage ein Auslandssemester zu Ende. Ein halbes Jahr lang war sie in Frankreich, und nun – nach dieser Lebensprüfung – sitzt sie auf gepackten Koffern, kommt nach Hause.

"Mein ganzer Körper spinnt und ist voller Zipperlein. Der Nacken schmerzt wie verrückt, mir ist schlecht und schwindelig; ganz plötzlich melden sich lauter kleine Malessen. Wie immer, wenn eine große Veränderung bevorsteht." Vielen Dank, kleine Hexe, poste ich in ihr

Gästebuch. Da hast du wohl wieder einmal auf mysteriöse Weise Signale auf mich übertragen. Das ist mir nicht fremd. Ich werde gern mal wach, mitten in der Nacht, und spüre einen kalten Hauch, wenn irgendwo ein Freund stirbt. Ich träume Angriffe voraus, wenn Menschen mir Abrechnungsbriefe schreiben. Und ganz besonders stark ist diese Verbindung zu meiner Tochter. Oft habe ich sie angerufen und ihr zum Beispiel erzählt: "Seit einigen Tagen habe ich so ein seltsames Ziehen in der linken Seite ..." – Worauf sie, wie aus der Pistole geschossen, antwortet: "Dann will ich dir mal sagen, warum. Pass auf ..." Und es folgt ein Liebeswehen, eine Prüfungsfurcht oder ganz allgemein die Angst vor der eigenen Courage, die uns beiden gemeinsam ist. Jetzt weiß ich: Der "Draht" glüht auch von Berlin bis nach Clermont Ferrand. Wie viele Kilo Meterchen, ist ganz egal. Es kommt einfach bei mir an, ob ich nun will oder nicht. Also trinke ich Kamillentee, gehe vorsichtig mit mir um, trage es und harre der Dinge, die da auf mich, auf uns, zukommen wollen.

Ich beende mein Arbeitspensum für diesen Tag, ziehe meine Wanderkluft an – Goretex-Stiefel, Jeans mit Strumpfhose drunter, Kleidchen und Strickjacke, darüber mein olivgrüner Popeline-Mantel, Handschuhe und ein Kuschelschal, der niemals fehlen darf. Ich ziehe los.

Mein Ziel ist heute das größte Einkaufszentrum der Südstadt, mein Tempel, meine Kathedrale. Mein Dorfplatz auch, na klar.

Anderthalb Stunden brauche ich bis dahin zu Fuß. Über

den Friedhof, durch die Kleingärten, am Hund vorbei – ein Rottweiler, frei laufend in einer Einfahrt, vor dem ich große Angst habe -, und dann die lange Straße, die mal eine Mauergrenze zerschnitt, immer geradeaus. Auch hier müssten eigentlich schon tiefe Spurrinnen angelegt sein, allein von meinen trabenden Füßen. So oft bin ich diesen Weg schon gegangen, hin und zurück.

Heute gehe ich ihn bedächtiger, Schritt vor Schritt. Der Boden bebt ja, was zur Folge hat, dass mein Kopf voller Zittergrütze ist, mein Herz in ganz neuem, unregelmäßigem Rhythmus hoppelt; mein Magen sich nicht entscheiden kann, bleibt er unten, kommt er hoch – und meine Knie seltsam weich sind und nachzugeben drohen. Nichts ist heute so, wie es sonst normal ist. Dennoch wird gelaufen. So lange ich nur gehe, Schritt für Schritt, Fuß vor Fuß, so lange bin ich gesund und finde mich auch wieder.

Ich erreiche meinen Tempel, gehe etwas essen. Kartoffelbrei und Mischgemüse schmecken wie bei Muttern. Gäbelchen für Gäbelchen nehme ich es vorsichtig ein, spüle jedem Bissen einen Schluck Wasser hinterher. "Siehst du, lieber Magen, ich bin lieb zu dir. Nun sei du auch lieb zu mir und nimm diese Nahrung in dich auf." So ist der Deal. Hier treffe ich immer irgend einen Freund, und so auch jetzt. Er sieht mich, Egon, er freut sich, und er nimmt bei mir Platz. Ich lächle, und mein Magen grummelt. Er wollte lieber mit mir allein sein. Sei jetzt still, Magen, nur für einen Moment. Aber das geduldige Organ besteht auf seinem Protest. Es mag Egons Parfüm nicht und bäumt sich von innen auf. Mensch, Magen, dabei hätte ich doch gerade mit Egon so inniglich über Ablösungsprozesse von Kindern reden können! Er kennt sie ebenso wie ich, er leidet darunter ein um das andere Mal wie ein Hund. Nun gut. Ich füge mich dem Unvermeidlichen und bitte Egon um Verzeihung: "Mir ist irgendwie übel. Können wir uns später sehen, und ich esse erst einmal in Ruhe? Wünsch´ mir, dass es drinnen bleibt." Egon versteht. Zum Glück ist er einer dieser Freunde, die ein offenes Wort vertragen können. Er nickt, legt seine Pranke tröstend auf meine flatternde Schulter und subtrahiert sich. Da ist es auch mein Magen zufrieden. Er legt sich wieder hin, verteilt Kartoffelbrei, Möhrchen, Erbsen und Spargel aufs Wohltuendste in sich und lässt mich erleichtert aufatmen.

Ich trage meinen Teller zurück zum Essensstand, es gibt Pfand dafür zurück; dann gehe ich noch zehn Minuten weiter, verlasse das Einkaufszentrum und finde einen einsamen Platz im Vestibül des Krankenhauses. Ich halte mich gern in Kliniken und auf Friedhöfen auf. Bin ich hier, im Dorfplatz-Tempel, Teil einer wuselnden Menschenmasse, die nichts von mir verlangen und mir doch ein Gefühl des Verbundenseins geben, so bin ich dort, in Ruhe, Zeitlosigkeit und mit etwas Größerem als ich verbunden. Ich komme wieder zurück zu mir.

Das ist unglaublich. Zwei Stunden lang sitze ich einfach nur da. Mir ist nicht langweilig, ich bin vollkommen konzentriert. Den Klinikbetrieb um mich her nehme ich nur wabernd wahr, undeutlich, wie durch eine Nebelwand. Das Geschlurfe, Betten-Geschiebe, das Flüstern von Besuchern stört mich nicht. Ich will nur still hier sitzen und mich wieder einfangen. Ich fühle mich wie jene

Sherpas, die im Himalaya einer westlichen Expedition beim Bergsteigen geholfen haben sollen. Auf halbem Weg nach oben legten die Einheimischen plötzlich ihre Lasten ab, setzten sich nieder und weigerten sich, auch nur einen Schritt weiter zu gehen. Was denn los sei, fragten die Ehrgeizigen. Man könne doch noch vor Einbruch der Dunkelheit das obere Lager erreichen, wenn man sich ein wenig beeile. "Wir sind zu schnell gegangen", antworten die Träger. "Nun müssen wir warten, bis unsere Seelen nachkommen."

Das muss ich jetzt hier auch. Warten, bis meine Seele nachkommt. Ich bin zu schnell gegangen, darum wankt und schwankt mir der Erdboden. Also sitze ich einfach nur da, nippe an meinem Mineralwasser und freue mich meines Daseins. So habe ich auch schon gesessen, als ich noch klein war und gerade erst sitzen gelernt hatte. Sie waren glücklich, meine Eltern, ein so pflegeleichtes Baby zu haben. Sie setzten mich mit meinem dicken Hintern auf ein Häufchen von Kieselsteinchen und konnten sicher sein, da bleibe ich. Ich liebte Steine, und ich liebe sie noch heute. Ab und zu nahm ich, nehme ich, eines zur Hand, betrachte es, genieße seine glatte, kühle Oberfläche, die sich schnell aufwärmt von meiner Energie, und ich lege es zurück. Die Farben der Steine, hellgrau, rosa, gelblich schimmernd, sind eine Wohltat für mein Auge. Ihre Formen regen meine Phantasie an.

Ich schrecke auf. Neben mir schiebt ein Pfleger ein rollendes Bett vorüber, auf dem ein alter Mann offensichtlich noch in Narkose liegt. Eines der beweglichen Räder quietscht in schrecklich hohem Ton, wie Kreide an einer

Schultafel. Dann blockiert es. Der Pfleger umkreist suchend das Bett, aber ich habe die Ursache schon erkannt. Ein Steinchen lag auf dem Boden; es hat sich in das Rad gefressen und hält es nun fest. Wir befreien das Fahrzeug, der Pfleger schiebt weiter; ich behalte den Stein in der Hand. Ein Mineral mit scharfen Kanten, aber es liegt gut in meiner Hand. Ein Miniatur-Felsbrocken zum Festhalten in schwankenden, wankenden Zeiten.

Ich war mir mal so sicher als Mutter. Alles war klar, der Tag eingeteilt, die Liebe meiner Kinder mir sicher. Bedingungslose Liebe; einfach nur dafür, weil ich da war, weil ich ihre Mütterlein war. Weil es mich gab. An allem konnte ich ruhig zweifeln – an der Welt, an der gerade zufällig herrschenden Ordnung, an meiner Arbeitsrolle, am "Großen Ganzen". Daran aber brauchte ich niemals zu zweifeln, dass mir diese beiden Herzen nur so zuflogen.

Das wird alles aufgemischt in dem Moment, wenn sie für sich allein fliegen. Wer flügge ist, breitet seine Flügelchen aus und schwirrt ab. "Wer vögelt, kann auch fliegen". Unter diesem Arbeitstitel wollte ich mal ein Buch schreiben, als ich gerade mittendrin in dieser wilden Zeit mit zwei sich ungeordnet Abnabelnden steckte. Zum Glück wusste ich damals noch nicht, dass ich immer wieder da mitten hineingeraten würde. Ich dachte, von dem einem Mal ist es ausgestanden. Denkste, Puppe; so funktioniert das nicht. Das fordert, ganz im Gegenteil, über eine lange Periode, die gesamte Frau. Und nun ist gar nichts mehr selbstverständlich. Nun falle ich, stehe wieder auf und sortiere mich immer wieder neu, in trauter gemeinsamer Übung mit meinen erwachsenen Kinderchen.

Der Knabe war der erste. Wie eifersüchtig machte es mich damals, als ich ihn mit einer Jüngeren teilen musste. Und erst mit einer Gleichaltrigen, der Freundinnen-Mutter, die ihn "meinen Schwiegersohn" nannte, wobei sie ihre blöden Arme um seine Schultern schlang. Ich musste darob einmal kurz in ihrem Badezimmer verschwinden und konnte mich ganz knapp zurückhalten, ihre Kosmetikfläschchen in den Spiegel zu schleudern. Ich hatte kein Ventil für meine Glut. Wohlerzogen hielt ich stand, warf nichts, heulte nicht, blieb außen friedlich und wollte und wollte meinen schönen Sohn nicht gehen lassen.

Er war doch mein erstes Baby, auf das ich lange gewartet hatte, in großer Angst, ich könne vielleicht keine Kinder bekommen. Also plante ich den Gegenbeweis fast generalstabsmäßig. Ich plante, zitierte den Liebsten heran; ich rechnete, wollte und machte. Schließlich, es klappte, und ich war schwanger. Schon das Gefühl, nicht mehr allein essen gehen zu müssen, auch wenn ich allein war, empfand ich als Hochgenuss. Mein Sohn begleitete mich in die Grillbar, und ich feierte ein stilles Fest für uns beide. Als ich ihn schließlich kannte, als er auf der Welt war, da zogen wir zusammen in ein Studentenzimmer. Jan bekam ein Eckchen, in dem sein Gitterbettchen stand, mit einem bunten Vorhang davor. Ich würde viel darum geben, wenn ich so wie damals noch einmal aufwachen dürfte: Ich schlage die Augen auf, da rumpelt es hinter dem Vorhang. Eine kleine Nase schnieft und gurgelt, dann schiebt sich ein speckiges Händchen hinter den Stoff, rafft ihn beiseite – und das erste Lachen des Tages strahlt mich an. Ich stehe auf, hebe den Kleinen aus seinen Federn, mache ihm sein Kakao-Milch-Fläschchen, und wir verschwinden in meinem Bett, zum lebensnotwendigen Kuscheln. Ich ließ mich anknabbern, vollsabbern, zitzelte mit der Handoberfläche über Jans weiche Haare – so, wie ich heute meine Kaschmirschals zitzele (ich komme noch darauf zurück!) – und genoss das Einfügen des Winzkörpers in meinen. Ich kann noch heute spüren, wie sich das anfühlt: Ein vertrautes, warmes Kind auf meiner Hüfte, das die Finger in meine langen Haare fitzt. Sie waren mir niemals zu schwer, diese weichen, beweglichen, stolzen, würdevoll blickenden menschlichen Lasten. Ich habe sie immer und überall hin mit mir herumgeschleppt, auch nachts noch zu Gesprächsrunden im Internat, weil ich sie nicht schreien lassen konnte; weil ich wusste, diese Kinder sind ein bisschen wie ich. Nachtmenschen eben. Mein Instinkt sprach oft eine andere Sprache als die ehernen Erziehungsregeln. "Lass dein Kind schreien, dann wird es kein verwöhnter Blutsauger!" Das lehnte ich ab. Meine innere Stimme sagte: "Lass sie schreien, und du zerbrichst sie." So trug ich sie und trug sie gerne. Meine Hüfte erinnert sich jetzt noch an den süßen Druck.

Irgendwann wurde mir klar, dass sie weise zur Welt kommen. Man muss ihnen nur zuhören. Einmal, als ich nach einem langen Arbeitstag, meinen vielleicht dreijährigen Sohn an der Hand, noch schnell zur Kaufhalle eilen wollte. Wehenden Beutel im Zangengriff, trieb ich den kleinen Jungen an: "Schnell, komm, da vorn, die Ampel, sie schaltet gerade auf Grün!" – Er hielt inne, zupfte an meinem Arm: "Mama, mach langsam. Das wird doch auch wieder grün."

Oder ein anderes Mal, als beide Kinder sich fragend vor mir aufbauten: "Du, Mama, wir können uns nicht einigen. Wir sind wir, das ist klar. Aber wer sind denn dann die Anderen?"

Oh Gott, dachte ich damals, kleine Philosophen, mein eigen Fleisch und Blut! Das dürfen sie ja fast keinem in der Schule erzählen. Genie und Wahnsinn liegen dicht beieinander, und der Spott der Unverständigen ist allgegenwärtig.

Ich sehe sie vor mir, diese beiden Wunder-vollen mit ihren großen, klugen, dunkelbraunen Augen, und ich kann nicht fassen, dass sie sich mich als ihre Mutter ausgesucht haben. Wenn ich mich erinnere, dann wünschte ich, ich hätte besser genießen können, was wir miteinander lebten, mehr im Heute – und nicht mit dieser Eile, dieser ständig irgendwie hängenden Zunge. Es gab ja noch eine Karriere zu planen, eine Gesellschaft zu gestalten, den Richtigen zu erkennen, mein Leben zu retten. Vielleicht, dass ich mit meinen Enkeln eines Tages aufmerksamer, konzentrierter sein kann?

Aus den niedlichen Kindern, die nie die tollsten Frotteestrampler, biologisch einwandfreie Babykost oder angesagte Markenjeans besaßen, nach denen sich die Leute trotzdem umdrehten; denen sie die Herzen öffneten, wenn sie anfingen, zu erzählen; aus meiner geliebten und so selbstverständlich allgegenwärtigen persönlichen Muppet-Show, sind innen wie außen schöne junge Menschen geworden. Ich bin so dankbar dafür, dass sie immer noch mit mir sprechen wollen, dass sie nicht ohne Stolz mein künstlerisches Schaffen betrachten.

Er ist noch lange nicht zu Ende, unser gemeinsamer Erdenweg. Das macht mich glücklich.

Ich schüttele mich, trinke mein Wasser aus, stehe probehalber auf. Tatsächlich. Mein Boden trägt mich wieder. Alles bleibt plan und eben. Ich bin, so scheint's, wieder mit mir im Lot.

Das Steinchen lasse ich liegen, auf der Bank im Vestibül der Klinik die gewölbt wie ein Kirchenschiff aussieht. Das fällt mir jetzt erst auf. Noch sieben Tage, bis Anne, meine erwachsene Tochter, zurück nach Deutschland kommt. Soll sie kommen, ich freue mich auf sie. Gemeinsam lassen wir uns in neue Zeiten hineintragen. Fester trete ich auf. Spaziere meine Straße nach Hause.

ABLÖSUNGSPROZESSE

Ich fühle mich tief verwurzelt im Leben.
Ein Ziehen, Gebären, ein inneres Beben.

Direkt neben mir, so schnell ich kaum schau,
wächst eine schöne, eigenwillige Frau.

Ich möcht′ ja noch gar nicht weitergehn.
Komm, halt inne ein bisschen, bleib doch noch stehn.

Doch die Dinge fließen, sie warten nicht still.
Und es geht nicht danach, was Mütterchen will.

Was die Leute bezeichnen als Zu-Sich-Selbst-Findung,
scheint mir, ist eine umgekehrte Ent-Bindung.

(November 2002)

»HOLZSPAZIERGANG«
Eine Ehe vollziehen

Heute habe ich frei, sagt der Liebste. Er will muddeln.
Da soll ich ihn in Ruhe lassen. Muddeln ist auch so ein
Wort. Vielleicht kommt es ursprünglich wirklich vom
Englischen "mud"; heißt: Schmutz, Schlamm, Dreck.
Und hat sich auf verschlungenen Wegen bis ins Thüringi-
sche vorgearbeitet, über die Gebirglersprache bis hin zu
uns Heutigen. Es wird immer dann gemuddelt, wenn
man, was zu tun ist, nicht genau bezeichnen kann, wenn
man aber definitiv beschäftigt ist, und zwar sehr und zwar
die ganze Zeit. Man muddelt vor sich hin, sortiert alte
Zeitungen und liest sich fest, räumt angestaubte Kartons
von A nach B, während man in deren Inhalt eintaucht;
befingert vor langer Zeit Aufgetürmtes, hebt zarte Spinn-
weben von Aktenkoffern und damit lange gebunkerte
Schätze ans Licht. Das Muddeln kann Ausmaße anneh-
men. Man fängt mit einem Eckchen an, zieht Kreise,
immer größer, wie wenn ein Steinchen in ein Wasser
fällt. Am Ende gewinnt das Muddeln Macht über den
Muddler. Dann sollte er aufhören, sonst versinkt er doch
noch in all dem "mud", dem Schlamm aus der Vergangenheit. Okay, heute ist Samstag, mein Liebster hat den
Wunsch geäußert, muddeln zu dürfen. Also muddele ich
eben auch.

Seltsam, das Muddeln führt uns heute immer wieder
zueinander hin. Wir kommen nicht voneinander los, richten es so ein, dass wir uns im selben Zimmer, an paralle-

len Orten wieder finden. Er wischt an einer Klebestelle auf dem Küchenboden, ich trage meinen Zeitungsstapel und die Brille eben dort hin, an den Küchentisch. Ich fange an, im Internet herum zu muddeln, der Geliebte kommt mit einer Leiter und schraubt schräg über meinem Kopf in einer Lampenfassung herum. Wir können tun, was wir wollen, wir sind wie zwei Magnete, die es unweigerlich zueinanderzieht. Wir schütteln die Köpfe über so viel Anziehung.

Nun aber! Der Liebste zieht ein Holzfällerhemd an, mit großem rot-blauen Karomuster, dick wattiert, aus weichem Flanell. Holt seine Karre aus dem Keller und verkündet, er werde jetzt im Holzgarten verschwinden und Futter für unser Kaminöfchen holen. Gesagt, getan. Und Tschüß, weg ist er. Ein Weilchen irre ich noch in den Räumen herum, dann steht es fest: Ich kann mich heute nicht dagegen wehren, und ich will es auch gar nicht. Also suche auch ich mir alte Klamotten und mache mich auf den Weg, ihm hinterher. Mein roter Anorak, mein erster Westanorak(!), riecht immer noch nach Campingurlaub, feucht-moderig und nach erloschenem Lagerfeuer. Wie lange ist das her, dass ich ihn zum letzten Mal trug?! Zwölf, fünfzehn Jahre? Und die braune, zerschlissene Hose mit den Seitentaschen. Jetzt spannt sie in der Taille und an den Hüften. Ich stelle mich nie auf die Waage. Sollte ich das etwa tun?

Egal, jetzt jedenfalls nicht. Nicht heute. Ich trete auf die Straße, und um die Ecke biegend, sehe ich weit vorn den Liebsten mit seiner Schubkarre. Federnd läuft er, mut-

willig, unternehmungslustig. Aus dieser Entfernung wirkt
er fast wie eine Frau, so biegsam und tänzelnd. Ich habe
oft gedacht, er ist die bessere Frau, verglichen mit mir.
Ein Mann voller Gefühl, Fürsorge und Herz. In ihm ist
alles gut gemischt, das Yin und das Yang. Das macht ihn
wohl auch so anziehend für mich und für andere. Wollen
Sie meine Theorie hören? Wenn zwei Menschen zusammen leben, die gar nicht anders können; zwei Menschen,
in denen Männliches und Weibliches jeweils zu gleichen
Teilen angelegt ist, dann brauchen sie nicht für sich abzu-
klären: Schwul oder hetero?; denn dann leben sie schon
alles, was es gibt und ohne Etikett. Dann ist Mädchen bei
Mädchen, Junge bei Junge und Mädchen bei Junge, je
nachdem. Brüderchen bei Schwesterchen, Mütterlein bei
Sohn und Väterchen bei Tochter auch. Es ist alles, alles
enthalten, und es spielt keine Rolle. Denn die Liebe selbst
ist es, die die beiden am Wickel hat, und nicht eine Kate-
gorie, eine biologische, wissenschaftliche, medizinische
oder psychologische Einteilung. Glauben Sie mir, ich
weiß, wovon ich da rede.

Aber zurück zu unserem Gemuddel. Wie an einer
unsichtbaren Schnur gezogen, folge ich also diesem fein-
gliedrigen, kräftigen Mann und überrasche ihn schließlich
mit meinem zeitversetzten Auftauchen im Holzgarten.
Der Holzgarten ist ein Stückchen umzäunte Wiese, auf
dem wir, seit wir den Kamin als Mitbewohner haben,
unseren Brennstoff lagern dürfen. Es kostet uns wenig;
dafür tragen wir auf den Flecken Baumstämme, Kloben,
Balkenteile. Ich hätte nicht für möglich gehalten, dass ich
so einen "Holzblick" entwickeln könnte! Wo auch immer

in unserer Gegend Waldstückchen gerodet, Eichen gefällt, Dachstühle entkernt oder Bühnenkulissen entsorgt werden, da stehe ich schon bereit, um das Heizfähigste davon abzusahnen. Noch mehr als ich erledigt das natürlich der Herzallerliebste. Einmal brachte er es sogar bis zum Hexenschuss, so sehr wuchtete er Stunde um Stunde Klötze und Hölzer über den Zaun in unser Gärtchen.

Was er jetzt vorhat, ist vergleichsweise harmlos. Jene Mini-Balken, die schon seit zwei Jahren unter einer Miete lagern und nun trocken genug fürs allabendliche Zündeln sind, stapelt er, Stückchen für Stückchen, auf die Schubkarre. Ich sehe ihm dabei zunächst nur zu. Denn ich vergaß nie, was ich mal von einem anderen gelernt habe: "Du musst mich bewundern. Das genügt schon." Also bewunderte ich, so gut ich konnte; bewundere auch jetzt - und erkenne uneingeschränkt an: Ein Mann ist niemals so schön wie bei einer körperlichen Arbeit.

Und was ist mit einer Frau? Was ist mit mir? Ich stehe nur und schaue. Denn ich bin die fürs Geistige. Bin ich das wirklich, ganz und gar ausschließlich?

Der Liebste rückt jetzt einem mächtigen weißen Stamm zu Leibe. Es dämmert schon, und der ent-rindete, nackte Riese schimmert friedlich. Jedoch, er leistet Widerstand. Im Holzgarten gibt es keinen Stromanschluss; man muss mit der Hand sägen. Ein Fuchsschwanz, harmlos wirkend, wird in den arbeitsgewohnten Fingern zum starken Werkzeug. Ansetzen, eine gedachte Linie ziehen und dann – zuerst sachte, aber immer drängender – loslegen. Ich höre, dass korrektes Sägen eher ein Ziehen denn ein

Drücken, Schieben ist. Ich sehe, dass es darauf ankommt, beharrlich Zug um Zug zu tun, nicht nachzulassen und geduldig arbeitend, das Holz am Ende zu zerteilen. "Hier, nimm du auch mal", reicht mir der Liebste die Säge.

Ich erschrecke. "Das kann ich nicht. Das habe ich noch nie gemacht!" Mein erster Gedanke, wie so oft. Was ich denke, das erschaffe ich. Wie innen, so außen. Ob ich an mich glaube oder nicht, ich werde immer Recht behalten. Oh Gott, welche Verantwortung fürs eigene Dasein! Hier scheint eine Chance sich anzubieten. Die scheinbar kleinsten sind die lohnendsten. Ich greife zu. Beachte nicht mein ängstliches Herz, werfe den Kuschelschal nach hinten, damit er nicht stört. Lasse die langen Strähnen flattern. Das nächste Mal muss ich mir eine Haarspange mitnehmen, denke ich. Dann versuche ich es. Zuerst verkantet sich das Werkzeug, weil ich genau das befürchte. Der Liebste hält den Stamm fest, flüstert mir Mut zu. Ich probiere wieder. Und ganz langsam, einem tapferen Gedanken folgend, bewege ich die Säge durch die widerspenstige Materie. Manchmal gleitet sie fast schon, dann wieder stockt sie. Aber ich bleibe dabei, lasse nicht nach. "Ich habe das noch nie gemacht." Wird zum Grund dafür, dass ich es eben jetzt mache. Es ist nie zu spät zum Beginnen. In mir ist ebensoviel Verzagtheit wie Courage. Allein an mir liegt es, welcher von beiden ich den Vorzug gebe.

"Gleich ist er durch. Er hängt nur noch am Faden.", lächelt das innig geliebte Gesicht mir zu. Ich möchte meinen Anorak abwerfen, mir ist warm. Die alte Weisheit fällt mir ein: "Holz heizt zweimal. Einmal, wenn man es 'macht' – Holzmachen als Überbegriff für Suchen, Finden, Sägen, Tragen -, und einmal, wenn es im Ofen brennt." Ja, es stimmt. Und vorhin hatte ich noch so gefröstelt.

Der Liebste hält den Baumstamm fest und fasst mit zu. Er zieht jetzt an dem Sägeblatt, während ich vom Griff her schiebe. Ziehen, schieben, ziehen, schieben, Stück für Stück. Schade, dass wir keine Tandemsäge haben, oder wie so etwas heißt. Bei seiner ersten Hochzeit, ein Leben vor mir, hatte er so eine. "Sonst wären wir gar nicht ins Festzelt gekommen", erinnert er sich. Traditionell war ein Bock aufgebaut, mit einem dicken Stamm wie unserem hier, jetzt; und unter dem Gejohle und den Anfeuerungsrufen der versammelten Verwandtschaft taten er und die Verflossene ihr erstes ernsthaftes gemeinsames Werk.

So, wie sich das gehört. Am Sägen, an den eingehaltenen Ritualen, lag es also nicht, dass diese Partnerschaft nicht hielt. Woran denn dann? Das füllt ein ganzes Buch, wie jede Liebe, die gehaltenen und die zerbrochenen. Dieses hier füllt jene Geschichte aber nicht. Das beschließe ich. Kurzum und itzt. "Itzt" ist ein Wort, das ich neuerdings in alten Gedichten wieder entdeckt und beschlossen habe, zu pflegen. Itzt, itzo und immerdar. Aber ich schweife ab.

Der Liebste und ich, wir sind ja immer noch über jenem Stamm, unserem zukünftigen Heizholz, und wir tun, was wir, als wir – nur zu zweit im Rosa Rathaus der Häuptlingsstadt – geheiratet haben, verabsäumten: Wir fassen gemeinsam ein Werkzeug aus elastischem Stahl und arbeiten uns Zentimeterchen um Zentimeterchen voran. Ein einträchtiges Keuchen, während es schon dunkel wird; ab und zu ein Blick, ein Lächeln. Wir sagen nichts.

Am Ende lässt er los und ziehe ich die Säge aus dem Stamm, wir springen Hand in Hand auf seine Enden. Es knackt, wir haben es vollbracht. Nun sind die Stücken passgerecht für die Holzmiete. Sie können dort verstaut werden, zum Trocknen für die nächsten zwei Jahre.

Ich weiß jetzt, warum es diesen Brauch gibt. Zwei Eheleute, die mittels Eisenzähnen gemeinsam einen Baum durchfressen. Es entsteht etwas dabei. Es wird etwas sichtbar.

Wir schließen unser Gärtchen ab, ich lotse den Gefährten, der die hoch beladene Karre schiebt, sicher über die Straße. An seiner Seite halte ich mich bereit, zuzufassen, sollte sich ein Kloben lösen. Aber alles bleibt an Ort und Stelle, wir erreichen vollzählig den Eingang zum Hauskeller. Jetzt noch unsere Beute die Treppen hinuntertragen und zurechtlegen. Dann ist es geschafft. Wilden Piratenblicks leuchten wir einander an. Wir heben unsere rechten Hände zum "Gib mir fünf"-Zeichen. Eingeschlagen wie zwei Kerle. "Wir sind doch keine chicks!", höre ich meine Tochter im Kopf sagen. Sie meinte, wir sind keine rosa Hühner; keine Glitzerfrauen, die gelackten Fingernagels vor sich hin stöckeln. Sie hat Recht, und ich habe es mir heute wieder einen Meter mehr erobert.

Ich gehe Feuer machen. Als es im Kamin so richtig schön flämmelt, rücke ich den behäbigen Sessel näher heran. Natürlich, der Liebste versteht ohne Worte. Ihn muss ich nicht bitten, schon gar nicht an so einem Tag. Einem Hochzeitstag.

Mir ist tatsächlich, als hätten wir nun erst, angesichts des Holzes, des gespaltenen und des wärmenden, unsere Ehe endgültig vollzogen.

Ich pflücke ein Spänchen aus seinen verwegenen Locken. "Willst du?" – "Ja, ich will."

VORÜBERGEHEND
VERSTUMMT

Ich kann nicht mehr sprechen,
der Hals ist dicht.
Ein Krächzen und Fiepen,
mehr artikuliert er nicht.

Zum Schweigen verurteilt,
zur Stille gebracht,
die uralten Ängste
standen Schlange heut' Nacht.

Doch der Morgen erhellt mir
ein wortloses Eden:
Vielleicht brauchen wir beide
Eine Verschnaufpause vom Reden.

(August 2003)

»GEBETSSPAZIERGANG«
Das Zitzeln

Ich bin schon zitzelnd auf die Welt gekommen, das Zitzeln hat mich oft getröstet, und ich zitzele auch jetzt, beim Schreiben. Hin und wieder, wenn ich eine Denkpause mache, greife ich versunken zu dem langen Schal, der von meinen Schultern herab hängt, und ich zitzele.

Entweder zitzele ich mit der Unterseite meines rechten Daumens, vorsichtig, sachte, wie der Flügel eines Schmetterlings, am weichen Kaschmirstoff, ihn kaum berührend, nur beflatternd, auf und ab. Oder ich verwende den ganzen Handrücken, nach dem selben Prinzip. Ich führe ihn an den Fasern entlang, von oben nach unten, von vorn nach hinten, immer wieder, so wie Gläubige ihren Rosenkranz durch die Finger gleiten lassen und beten. Ich zitzele bei Versammlungen oder Lesungen heimlich unterm Tisch, ich zitzele vorm Einschlafen an meiner Bettdecke, als Überbrückung zwischen zwei Liebeshöhepunkten, und ich zitzele sogar beim Gehen. Entweder, es gelingt mir, auch im Spazierlauf an die Enden meines Schals zu kommen, oder ich zitzele im Futter meiner Jackentaschen. Meistens fällt es mir nicht mal auf, dass ich zitzele. Es kommt mir nur empfindlich störend in den Sinn, wenn es mal nicht möglich ist. Wenn ich aus irgend einem Grund mal ohne einen Schal bin – wobei ich mich sehr nackig fühle -, oder wenn ich eine andere Hand fasse. Ich kann aber auch mit der anderen im Innern meines Handschuhs zitzeln. Das kann ich auch!

Rosalie zitzelt auch. Ich glaube sogar, sie hat den Begriff erfunden. Oder hat sie ihn aus uns vorangegangenen Weibergenerationen übernommen?

Das ist eine schöne Vorstellung: Eine lange Linie zitzelnder Ahninnen und Urahninnen. Hunderte Hände, Daumen, Handrücken, die sich an Stoffen auf und ab bewegen; die Baby- und Greisenhaare sanft bestreicheln. Während wir nebenbei ein Buch lasen, in einem Topf rührten, in einem Luftschutzkeller Kinder trösteten oder – so wie ich heute – unter einer Wolldecke in Yoga- oder sonstiger Entspannung; vielleicht an einem Strand, lagen.

Meine Mutter mochte es jedenfalls nicht, wenn Bettzeug frisch gewaschen und gestärkt aus den Maschinen kam. Da verzog sie missbilligend ihr Gesicht. Es zitzelte ja nicht.

Ich habe das übernommen. Die beiden unteren Decken, die mir beim Schlafen am nächsten sind, die zitzeln, aber Hallo! Die beiden obersten, bei denen ist es mir egal. Sie dienen nur zum Wärmen, nicht zum direkten Kontakt. Das Zitzeln ist mein Ritual, seit ich denken kann – und davor auch schon. "Guck mal, die Katrin zitzelt wieder!", lächelten oft die mich umgebenden Verwandten. Wie viele kleine Kinder besaß ich eine Windel, die schon ganz zerlöchert und versifft war. Aber sie zitzelte nun mal so schön, und - Sie ahnen es -, war absolut nicht mehr die selbe, wenn sie aus der Wäsche kam.

Ich suche Sachen in Geschäften an Kleiderständern danach aus, ob sie zitzeln oder nicht. Prüfend fahre ich mit den Fingern über die Textilien, und ich würde niemals ein neues T-Shirt wählen, das mich zitzelmäßig nicht anspricht. So kam ich auch zu meinen vielen Schals. Landete am Ende bei den besten, teuersten, die ich mir einfach leisten musste. Nun mache ich es nicht mehr unter dieser Qualität. Fühle ich auch nur die allerkleinste Borste, das heraus storrende Härchen, dann ist es nicht "mein" Schal, und er darf nicht mit nach Hause.

Kurze Pause. Ich muss zitzeln.

Was ist dies nun, psychologisch gesehen? Eine instinktive Suche nach Halt, irgendwo? Und wenn es nur am Halstuch ist? Oder ein uraltes Gebetsritual, von dem ich nichts mehr weiß, dass sich aber auf andere Weise bis zu mir hin überliefert hat?! Ich weiß nur: Zitzeln hilft. Es tut gut, es fühlt sich schön an, und es schadet keinem anderen Menschen.

"Mir selbst zum Wohle und keinem anderen zum Schaden." So möchte ich leben, und das Zitzeln ist ein beredter Ausdruck davon.

Einmal bekam ich ein Buch in die Finger. Den Ostsee-Reisebericht einer längst vergangenen Frau, einer Schriftstellerin, die mir sehr vertraut war, wie ich staunend beim Lesen herausfand. Sie nannte es nicht "Zitzeln", aber sie machte keinen Hehl aus ihrer Vorliebe für weiche, teure Stoffe, auch in ihren Betten. Auch ihr wurde – wie mir - niemals langweilig beim stundenlangen, stillen Sitzen; sie mochte es. Es tat ihr gut. Sie ging genau so gern und leidenschaftlich spazieren wie ich. Noch mehr gemeinsame Eigenschaften fand ich in ihrer Erzählung, der sie auch vieles aus ihrem Inneren beigab. Je länger ich las, was sie vor fast hundert Jahren geschrieben hatte, desto wohlbekannter kam sie mir vor. Wie eine Freundin. Nein, wie eine Schwester. Oder gar – wie ich? Ich selbst?

Die Yogis würden sich nicht wundern. Sie sind fest davon überzeugt, dass es frühere und spätere Leben gibt, sehr viele davon sogar, in die Hunderttausende. Ich würde es gern auch glauben, aber ich bin mir nicht so sicher. Kein Erdling, der sich lebend müht, weiß etwas Genaues. Aber für jeden sickert immer mal wieder ein bisschen was durch. So stellt es sich für mich dar. Ich weiß also nicht, ich ahne nur. Obwohl – es wäre ja denkbar, wenn es denn schon stimmen sollte, dass ich im letzten Leben auch schon Bücher geschrieben habe. Und ich kann nicht leugnen: Allein schon die Vorstellung, diese Idee, stimmen mich sehr fröhlich. Eine Literatin durch die Zeiten sein. Ja, das wäre ganz nach meinem Geschmack.

Ich kann nur hoffen, dass dies nicht das einzige Leben ist. Unerträglich wäre mir der Gedanke, dass mein ganzes Üben, Lernen, Hinfallen und Wiederaufstehen, auch unter Schmerzen, für die Katz´ gewesen sein sollte. Dass davon nichts übrig bleibt, dass ich im nächsten Leben wieder ganz von vorn, bei Null, anfangen muss. Das kann ich nicht glauben, und das will ich auch nicht glauben. Nein, dann stelle ich mir lieber vor, dass ich früher auch mal

Elisabeth von Arnim gewesen bin, mit ihrem Humor, ihrer vornehmen Einfachheit, ihrer unstillbaren Neugierde auf Menschen, Landschaften, die Ostseeküste, vor allem die Insel Rügen.

Wenn es stimmt, dass wir alle wieder und wieder geboren werden, so lange, bis wir nichts mehr als Menschen auf der Erde zu lernen haben, dann könnte es tatsächlich sein, dass ich mir selber schriftliche Botschaften geschickt habe. Was für ein tröstlicher Gedanke! Dann würde nichts verloren gehen, dann wäre nichts umsonst. Und es erklärte vielleicht auch dieses mir altbekannte Gefühl, einen Freund, eine Freundin zu verlieren, sobald ich auf der unweigerlich letzten Seite eines Buches angekommen bin. Diese Trauer, die ich kenne, seit ich lesen konnte; seit ich unter Bettdecken, Apfelbäumen, Sonnensegeln, an Meeresstränden ganze Bücherberge verschlungen habe und nie genug von ihnen bekam.

Was heißt das für die Zukunft? An meinem roten Schal zitzelnd denke ich darüber nach. Ich dürfte es ab jetzt nicht mehr dem Zufall überlassen. Ich könnte mir zum Beispiel Briefe in mein nächstes Leben schicken, könnte mir selbst erzählen, worauf es ankommt, was nicht so wichtig ist; in welche Fallen ich besser nicht mehr tappen sollte. Wenn das gelingt, das wäre gut. Lass gleich das erste Glas stehen, würde ich mir selbst raten, denn es bringt nichts. Es ist ein Umweg – genau wie jene Dinge, die man tut, um anderen zu gefallen. Zum Hinhören, der lauten, guten inneren Stimme Folgen, gibt es keine Alternative. Und natürlich würde ich mir ans Herz legen: Geh spazieren, du zukünftige Katrin. Du hast Beine bekommen, um sie zu benutzen. Also laufe, schlendere, wandere, schwinge dich ein in den selben Takt, in dem alles um dich her schwingt. Steh dem Natürlichen, steh der Liebe nicht zynisch gegenüber. Stimme dich ein, sei still und höre zu. Dann kommst du schon dahinter, so, wie ich auch dahintergekommen bin. Vielleicht brauchst du, zukünftige Katrin, nicht gar so viele Jahre dafür, wie ich sie dieses Mal gebraucht habe. Es macht nichts, die Zeit ist egal. Das Leben ist kein Wettrennen; keine "Rennebahn", wie ein ganz alter Dichter im 17. Jahrhundert mal geschrieben hat. Du schaffst das schon. Ich glaube an dich. Mal sehen, vielleicht kann ich dir ja wirklich Botschaften schicken. Aber mir scheint, das ist dann schon mein nächstes Buch.

GRIZZLY IM SCHNEE ODER DER MENSCH IN DIR

Dich zu Lebzeiten so sterben sehn,
das zerreißt mir mein Herz.
Mußt du wirklich schon gehn?

Vielleicht wäre es besser, dich nie erkannt
und niemals gesehen, wozu du imstand –
ja, dann wäre es leichter, dich ziehen zu lassen.
Dich nicht mehr zu mögen; weder mitfühlen

noch hassen ...

Es wär´ wie ein flüchtiger Grizzly im Schnee.
Kurzer Blick nur, ein Staunen, dann

Verschwinden.
Kein Weh.

Aber so? Du tauchst auf – immer wieder – und

mit dir das Hoffen:
Bleibst du doch? Als mein Freund?
Ist die Zukunft noch offen?

Ich hab dich gesehen, den Menschen in dir,
den ich nun wieder an diese Droge verlier.
Was bist du, was ist sie, wenn du sprichst, wenn du

                                                     tobst,

wenn du Gott spielst, dich aufbäumst,
dich geißelst, dich lobst.

Das ist das Teuflische an unser´m Leiden:
Man kann Seele nicht mehr vom Gift unterscheiden.

Dennoch: eine Kleinigkeit gibt es zuletzt,
die – nach allem Chaos – versteh ich erst jetzt:
Ich kann mich trennen, in Sicherheit bringen,
dem Elend entfliehen vor allen Dingen,
und ich kann trotzdem - so wie *mir* damals beschrieben –
unter all der Falschheit den Menschen noch lieben.

Fast wäre ich selbst gern die Göttin im All.
Die verkündet: "Auf jeden Fall
nicht er, nicht der Bär! So vernehmt meine Kunde:
nicht dieser gehe kaputt, gehe so vor die Hunde!"

Aber leider: ich bin nur ein Mensch im Leben,
ich kann dir noch nicht mal diese Zeilen hier geben.
Die scheuen Gefühle und lieben Gedanken
müssen auf anderen Wegen zu dir gelangen.

Überlebe doch,
es wär so schön!

Wie ich für dich beten soll, kann ich nicht mehr verstehn.
Am besten, so scheint mir, schweige ich stille.
Ich erfasse es nicht, geschehe SEIN Wille.

Doch ich möchte dir heute eines versprechen:
Sollte es wahr werden und du dich an dir selber rächen,
und nehmen sie all das am Ende von dir,
die Unsichtbaren, nicht dort und nicht hier,
dann möchte ich für dich zum Schluß etwas sagen,
vielleicht, daß wir es so gemeinsam tragen?

Und vorlesen will ich, von dem, was wir sind:
Deine Geschichte; Wolkenmann und Windkind.

(November 2003)